Sonya
ソーニャ文庫

この結婚は間違いでした

春日部こみと

イースト・プレス

contents

序章　初恋

オクタヴィア・アイリーン・ノースクリフは、手にした扇《おうぎ》を広げ、その裏でひっそりとため息をついた。

隣では叔母のラトランド伯爵夫人が、知り合いのご婦人方とお喋《しゃべ》りに興《きょう》じている。

その話題は、どこぞの子爵夫人の愛人がどうのとか、あの伯爵夫人のドレスは品がないとか、九割が人の悪口だから堪《たま》らない。知らない人の話をされるだけでも退屈なのに、それが悪口とくれば、ため息が出てしまうのも致し方ないというものだ。

（……夢だった社交界デビューが、こんなに退屈なものだったなんて……）

オクタヴィアは十八歳で、今年社交界デビューしたばかりだ。

将来の伴侶に巡り合うための、ロマンティックな場——それが社交界だと思っていたというのに、実際は介添え《シャペロン》である叔母たちの情報交換と称した悪口大会の場だったのだから、夢どころか試練である。作り笑いを続けようにも頬の筋肉が限界だった。

「聞いているの、オクタヴィア！」

　叔母に肘で突《つ》かれてハッと我に返ったオクタヴィアは、咄嗟ににっこりと微笑みを作って頷《うなず》いた。

「もちろんですわ、叔母様」

「どんなにハンサムだからといって、あの『平民金貸し』にだけはいい顔をしてはだめよ！」

　人差し指を立てて言い聞かせてくる叔母に、オクタヴィアは心の中で首を捻《ひね》る。

（……平民金貸し？）

　誰のことだろうか。きょとんとしていると、叔母のお喋り相手だった伯爵夫人が口元に手を当てながら小さな声で教えてくれた。

「アシュフィールドよ。ルーシャス・ウェイン・アシュフィールド！」

　初めて聞く名前に、オクタヴィアは目を瞬く。デビューを前に、大方の貴族の名前と顔は覚えたつもりだったが、その名前は記憶にない。

（……平民、というくらいだから、貴族ではないのでしょうね）

　蒸気機関の発明で産業が飛躍的に発展した昨今、平民でも莫大な富を得る者が現れ始めた。彼らが金で爵位を買ったり、貴族のコネクションを利用したりして、社交界に参入するようになったのは、ここ最近の話だ。

（ミスター・アシュフィールドも、そういう人なのかしら）

その疑問は口に出すまでもなく、その後の会話から答えが得られた。

「投資で儲《もう》けた金で成り上がった実業家って話だけれど、下品な野良犬だもの。どんな手を使って成り上がったか分かりゃしない」

「噂では、金のためなら平気で人を殺すような恐ろしい男だそうよ。人身売買にも関わっているとか！」

「女ぐせもたいそう悪いって聞いたわ。なんでも、あのルックスで金持ちの未亡人に近づいて、搾り取るだけ搾り取ったら、ポイと捨てるそうよ」

口々に罵詈《ばり》雑言《ぞうごん》を吐く叔母たちを、オクタヴィアは半ば呆れた気持ちで眺めた。

人の噂でここまで悪《あ》し様《ざま》に言えるなんて。『野良犬』だなんて言葉を人に使う自分たちの方がよほど下品だとは思わないのだろうか。

貴族の娘として生まれたオクタヴィアだったが、貴族が無条件に平民より偉いとは思っていない。

『特権階級の者は、それを持たざる者への奉仕によって釣り合いが保たれるべきであり、その義務を果たしていないのならば、その人は特権階級に属する権利がない』

これはこの国の貴族なら誰しも一度は読む『ローデンブレッツの正しい方式』という書物の、最初のページに書かれている一文である。

この本は、貴族の食事や服装のマナー、手紙の書き方、社交会での振る舞い方、それだけでなく正しい浮気の仕方まで、上流階級での常識とやらが詳しく解説されているマナー教本だ。マナー教本としては首を傾《かし》げてしまうようなことも書かれてあるのだが、この最初の一文にだけはとても感銘を受けた。

というのも、オクタヴィアは母の影響が強いのかもしれない。

幼い頃に亡くなってしまったけれど、母は慈善活動に熱心な人で、父は常日頃からそれを自慢げに語っていた。

『ナタリーは貴族として、いつも正しい行いをしようとする女性だった。持てる者の力は持たざる者のために――まさに天使だ。お前のお母様は私の誇りなのだよ』

亡くなってしまっているせいで、父も自分も母を理想化しているのだと思う。それでもこうした母の記憶が、今のオクタヴィアの価値観を構築したと言っても過言ではない。

だから叔母たちが、平民であるという理由でその人を『野良犬』呼ばわりすることに、少なからず不快感を覚えた。だがここでそれを口に出してしまえば、叔母の面子《めんつ》を潰すことになるのも分かっている。

オクタヴィアは曖昧《あいまい》に微笑んでその場をやり過ごすことにした。

幸いにして、叔母たちはオクタヴィアの反応など気にしていないようで、まだそのアシュフィールドという人物について文句を言い続けていた。

「本当に、どうしてそんな下品な人間が、社交界に入り込んできたのかしら！」

「ばかね、貴族の令嬢を妻にしようと狙っているからに決まっているでしょう！　それで貴族の仲間入りをしようっていう魂胆《こんたん》よ！」

「おお、いやだ！　下劣《げれつ》極まりないこと！　社交界がドブネズミ臭くなってしまうわ！　汚らわしい！」

あまりの言い草に、オクタヴィアはいよいよ聞いていられなくなってきた。

叔母たちへの落胆の気持ちを顔に出さないよう、周囲に視線を逸《そ》らした時、ふとこちらを見ている男性と目が合った。

（……しまったわ）

うっかり男性と目を合わせてしまうなんて、とオクタヴィアは臍《ほぞ》を噛んだ。目が合ったのをラッキーとばかりに、男性がこちらにやって来ようとするのが見えて、困ったなと足元を見つめてしまう。

今夜は既に十人もの男性とダンスを踊った後だったからだ。細い靴を履いているので、爪先が痛くて仕方ない。

（舞踏会なのだから、殿方たちと踊らなくてはいけないのは分かっているけれど……ちょっと疲れてしまったわ……）

父であるノースクリフ侯爵は、かなりの資産家で有名だ。その侯爵が溺愛している娘の社交界デビューは、前々から注目されていたらしい。無論、その持参金の額ゆえにだろう。

その結果、オクタヴィアは図らずも今シーズンで一番人気の令嬢となった。

踊る予定の相手を記すダンスカードの空欄は常に埋まり、ダンスが終わった後も男性に囲まれた。夜会が終わって屋敷に戻れば、花やプレゼントや手紙がどしどしと送りつけられ、その返事を書くのも大変だった。

そんなわけで、オクタヴィアはすっかり花婿探しに辟易《へきえき》してしまっていた。

(どの男性も自分のことばかりを押し付けてきて、ちっとも私の話を聞いてくれないんだもの……)

花婿として自分がどれほど相応しいかアピールをするのがこの夜会での彼らの仕事なのだから仕方ないのかもしれない。

自分もできるだけ早く結婚相手を見つけなくてはいけないと分かっている。分かってはいるが、そんな、今日のディナーのメニューや、お茶会のお菓子を選ぶのとは訳が違うのだから、「ハイ、この中から選んで」と言われて選べるものでもないのである。

(……私だって、分かってはいるのよ。貴族の娘として生まれた以上、こういうのも仕方のないことだって……)

貴族の結婚は政略結婚がほとんどで、恋愛結婚などごく稀《まれ》である。家格の釣り合いや、家と家の相性、そして持参金の額などの条件から相手を選ばなくてはならない。結婚は家を守るために行われるものであり、本人たちの感情など二の次なのだから。

(私は特に一人娘だもの。ノースクリフ家に相応しい家柄の男性を、ちゃんとこの中から選ばなくちゃいけない)

必死に自分に言い聞かせてしまうのは、心のどこかでそれを拒む自分がいるからだ。

(……できるなら、お父様とお母様のような、愛し合う夫婦になりたいと思うけれど……)

オクタヴィアの両親も、政略結婚だった。だが恋愛結婚でもあったのだ。二人の場合、生まれた時から家同士で決められていた結婚で、幼い頃からしょっちゅう一緒に過ごす、いわゆる幼馴染みという関係だった。幸いにして二人の相性は非常に良く、幼馴染みの関係は、成長に伴い自然な流れで恋愛へと発展し、やがて深く愛し合う夫婦となったのだ。

そんな両親は、子どもの目から見てもとても仲睦まじかった。互いを想い合い、労わり合う姿は幸福そうで、オクタヴィアにとってそれが理想の夫婦像になっているのだ。

とはいえ叔母に言わせれば、オクタヴィア両親のような夫婦は「奇跡」みたいなもので、あんな夫婦になりたいという希望は「子どもじみた夢」なのだそうだ。

(……分かっているわ。ちゃんと選ばなきゃいけないって。でも好きでもなんでもない人の相手をし続けるのは、ものすごく忍耐力が必要なのよね……)

男性たちに加え、叔母たちと、今夜はもう我慢をしすぎて限界である。

「叔母様、私、ちょっとお手洗い《ラバトリー》へ行ってきますわ」

囁《ささや》くように叔母に伝え、オクタヴィアは踵《きびす》を返した。目が合ったあの男性が到着する前に逃げなくては。

（どこか、誰にも見つからない場所に……）

そう思ってきょろきょろと辺りを見回していると、一人の令嬢から手を引かれた。誰だったか忘れたが、数回話したことがあった気がする。

「こっちへ」

きっとオクタヴィアが避難場所を探していると分かったのだろう。令嬢に導かれるまま辿り着いたのは、ダンスホール近くの小さな客間だった。

「ここなら誰も来ないでしょう。しばらく休んでいたらいいわ」

令嬢はそう言うと、オクタヴィアを置いてまた会場へ戻っていった。

オクタヴィアは厚意をありがたく受け取ることにして、置かれていた長椅子に腰を下ろす。ここでしばらく身を潜めていよう、と安堵のため息をついた時、男性の声がしてビクリと身を揺らした。

「おやおや、本当に来てくださったのですね、オクタヴィア嬢」

驚いて振り返れば、客間の入口に一人の男性が下卑《げび》た笑みを浮かべて立っていた。女ぐせが悪いことで有名な子爵令息だ。以前叔母から『絶対に近づいてはいけない』と注意をされた男性だった。

「来てくださったって、何をおっしゃって……」

「先ほどファインズ伯爵令嬢が、あなたがここで僕を待っていると教えてくれたのです」

ファインズ伯爵令嬢、という名前に、先ほどここへ案内してくれた令嬢の顔が浮かぶ。

なるほど、彼女の家は確かそういう名前だった。

（……ということは、私は、陥《おとしい》れられたのね……）

しまった、とオクタヴィアは心の中で猛省《もうせい》する。社交界で人気のある社交界は、言い換えれば配偶者争奪戦の場なのだ。花婿、花嫁選びの場でもある社交界は、オクタヴィアを早々に離脱させれば、自分がより良い配偶者を得る可能性が高くなる。

（親切にしてくれた……なんて、どうして思ってしまったのかしら。皆、虎視眈々《こしたんたん》と誰かを蹴落《けお》とす機会を窺っているのに……）

そういえば、オクタヴィアに熱心にデートを申し込んでくる男性の中に、以前ファインズ伯爵令嬢と噂になっていた侯爵令息がいた。おそらくより条件の良いオクタヴィアへと狙いを変えたのだろうと、他の令嬢たちが噂していたのを聞いた覚えがある。

（……私に横取りされたと思っているのでしょうね）

もちろんオクタヴィアは横取りなどしていないし、その侯爵令息の誘いは早い段階で断っている。恨まれるいわれなどないのに、と思うものの、人を陥れるような人間にとっては、その理由が正当であろうがなかろうが関係ないのだろう。

陥れる側には決してなりたくはないが、陥れられるのも遠慮したい。

自分の甘さに腹を立てつつ、オクタヴィアは長椅子から立ち上がり、じりじりと後ずさった。

「……何かの間違いですわ。私、ここには休憩に来ただけで……」

「冷たいなぁ。僕の気持ちはお分かりのくせに」

警戒するオクタヴィアに、子爵令息は厭《いや》らしい笑みを浮かべた。まるで獲物をいたぶって遊ぼうとするカラスだ。オクタヴィアを逃がす気は毛頭なさそうだった。

背中を嫌な汗が伝い下りた。

（……どうしよう、どうしたらいいの？）

オクタヴィアは混乱しそうになる自分を必死で落ち着かせながら、頭の中で策を練ろうと試みる。未婚の令嬢が密室で男性と二人きりでいるところを誰かに見られでもしたら、その相手と結婚せざるを得ない。ファインズ伯爵令嬢とこの男はそれを狙っているのだろう。

（冗談ではないわ……！　こんな人と結婚だなんて……！）

なんとかしてこの部屋を出て会場に戻らなくてはならないが、入口は男が塞《ふさ》いでいる。強行突破しようとすれば捕まって手籠《てご》めにされるか、わざとらしく大声を出されてしまうだろう。そうなれば、自ら醜聞《しゅうぶん》を流すようなものだ。

（ど、どこか、出口を……！）

ザッと部屋を見回しても、他の扉はない。あるのは外へと続く大きな窓だけだ。

（ここは、二階よね……）

窓から飛び降りれば、怪我をすることは必至だ。打ち所が悪ければ死んでしまうかもしれない。想像してゾッとしたが、それよりもゾッとするのは、目の前のこの男と結婚することだ。

オクタヴィアは意を決して、窓へ向かって駆け出した。

「待ちなさい、そっちへ行っても無駄ですよ」

男は面白がるように言ったが、オクタヴィアが窓を開いたのを見て顔色を変えた。

「おい、やめろ。危ないぞ」

狼狽《うろた》える男を見て、オクタヴィアは鼻を鳴らす。

「……あなたとここにいる方が、よほど危ないわ」

そう言い捨てて男に背を向け、窓枠に足をかけた瞬間、男の小さな呻《うめ》き声の後、ドッと何かが倒れる音が聞こえた。思わず振り返ると、そこには白目を剥《む》いて仰向けに転がる子爵令息と、もう一人別の男性が立っていた。

その男性は大柄で、髪の色に合わせた黒い夜会服を身に着けている。テールコートの上からでも鍛《きた》えられているのが分かる、しなやかな体つきをしていた。

誰、と訊ねるよりも早く、男性が命じた。

「窓から離れろ」

艶《つや》やかで、心地の良い低音だった。

だがそれよりも印象的だったのは、その男性の金色の瞳だ。

まるでライオンだ、と思った。明るい金色はそれ自体が発光しているかのように炯々《けいけい》としていて、中の黒い瞳孔が遠くからでもよく見える。こんな美しい金色の瞳をした人を、オクタヴィアは他に知らなかった。とても珍しい色だ。見据えられれば、身動きが取れなくなるような錯覚に陥ってしまう。

魅入ってしまうのを恐れるように、瞳以外の部分へと視線を移動して、オクタヴィアは息を呑《の》んだ。美しいのは瞳だけではなかった。彼はとても美しい容貌をしていた。凛々《りり》しい眉に高い鼻梁、唇は少し厚く、それが酷く色っぽく見える。惹きつけられずにはいられない、魅惑的な美貌だった。

「だ……！」

(だ、誰……？)

知らない男だ。社交界デビュー以来、数多くの夜会に出席してきたけれど、こんなに素敵な男性は見かけたことがなかった。

動けずにいるオクタヴィアに業《ごう》を煮やしたのか、男性がツカツカと歩み寄ってきて、窓枠を掴んでいた手首を取り、窓から引き離す。強い力で引っ張られ、オクタヴィアはヨタヨタと足元をふらつかせてしまい、男性の腕に支えられた。

「ご、ごめんなさい……」

慌てて謝ったが、男性は小さくため息をついただけだった。先ほどの子爵令息には近寄られただけでゾッとしたというのに、この男性には触れられても平気なのを不思議に思う。

「飛び降りる必要はない。あの男はもう伸びている。今の内に戻るんだな」

突き放すように言われて、オクタヴィアはパッと顔を上げた。その台詞で、彼がオクタヴィアの窮地を救うために、子爵令息を昏倒《こんとう》させたのだと気づいたからだ。

「あ、あの……助けてくださって、ありがとうござ……」

礼の言葉は、伸びてきた大きな手に遮《さえぎ》られた。男性はオクタヴィアの目の前に掌《てのひら》を見せた体勢で、鬱陶《うっとう》しげに顎《あご》をしゃくった。

「礼など結構だ、早く行け」

顎の先は、ドアを示している。

そう言われてしまえば、オクタヴィアは従うしかない。おずおずとドアへ向かいながら、せめてこれくらいは、と仁王立ちしている男性に声をかける。

「あ、あの、お名前を……伺っても？」

すると彼は凛々しい眉を大きく上げ、それからニヤリと口元を歪めた。

「どうせ否が応でも、そう遠くないうちに知ることになるだろう」

意味深長な台詞の意味は、すぐに分かることとなった。

彼こそが、叔母たちが言っていた『平民金貸し』――ルーシャス・ウェイン・アシュフィールドだったからだ。

頭の中に、叔母たちの言っていた台詞が駆け巡った。金のためなら手段を選ばず、人を殺したこともあるだの、人身売買に加担しているだの、恐ろしいものばかりだ。

(でもそんな恐ろしい人には見えなかったわ……)

実際、ルーシャスはオクタヴィアを助けてくれた。なんの見返りもなくだ。金の亡者と呼ばれる極悪人が、無償奉仕をするわけがない。

(きっと、いろいろ誤解されてしまう人なのね……)

目立つ人は悪く言われがちなのが世の常だ。彼は平民だから余計にそうなるのだろう。たった一度助けられただけでそんなに信用してしまうなんて、と自分でもおかしくなる。だが彼のおかげでオクタヴィアが窮地を脱したのは事実だ。

その後無事に広間へ戻ったオクタヴィアは、今後は父や叔母から決して離れないようにと、慎重に行動するようになったため、その年のシーズンは何事もなく無事に終了した。

彼のおかげといってもいいだろう。

あの子爵令息は、なぜか泥酔《でいすい》して階段近くに半裸で転がっているところを、屋敷の使用人に発見されたらしい。

　またファインズ伯爵令嬢は、その後何食わぬ顔で社交界に出入りしていたが、その年のシーズンの終わりに二十歳年上の男爵と結婚した。相手は彼女の家よりずいぶんと格下の男爵な上、寡《やもめ》だというから驚いたが、なんでもどこぞのお屋敷の夜会で抱き合っているのを発見され、醜聞になりかけたところを、結婚というかたちで収めたそうだ。

　男爵は劇場の女優に入れ込んで散財し、あちこちに借金をしていることで有名だった。持参金目当てでデビュタントを狙っているから、決して二人きりになってはいけないと、令嬢たちの間でも危険視されていた人物だ。

　だからファインズ伯爵令嬢は、男爵に謀《はか》られたのではないだろうか、というのがもっぱらの噂だった。

（人を呪わば穴二つ、とはこのことだわ）

　とオクタヴィアは呆れたが、それでも少し気の毒に思った。

（好きでもない男の人に触られるのも嫌だと思うのに、結婚なんて……地獄だわ）

　そう思ってしまうのは、オクタヴィアが恋をしてしまったからだ。

　ルーシャス・ウェイン・アシュフィールドに助けられて以来、ふとした時に心に浮かぶのは、彼の金色の瞳だった。

　ずっと不機嫌そうな顔をしていたのに、名前を訊ねた時、微笑みを浮かべてくれた。

どちらかと言えば意地悪そうな笑みだった。それなのに、オクタヴィアはその笑顔を可愛いと思った。

（大人の男性を可愛いなんて、私、どうかしているわ……）

ルーシャスはオクタヴィアよりも八歳も年上で、老獪《ろうかい》な貴族や商人を相手取って商売をする世慣れた人物だ。そんな人物を『可愛い』などと表現する人は誰もいないだろう。

（でも、可愛かったんだもの……）

もっと彼を知りたい。もっと彼に近づきたい。ずっと彼の傍にいたい。

この気持ちは恋だと、オクタヴィアは理解できていた。生まれて初めての恋だった。だからオクタヴィアは、次の年の社交界シーズンでも、またその次のシーズンでも結婚が決まらなかった。決めたくなかったのだ。

ルーシャス以外の男性と、結婚したくなかったから。

だが、これはきっと叶わぬ恋だ。

オクタヴィアは侯爵令嬢で一人娘であるため、婿を必要としている。この国では男子にしか爵位の継承権はないが、娘しかいない場合はその娘が産んだ男子であれば継承者になれる。つまり父は、オクタヴィアの産んだ孫息子に跡を継がせるつもりなのだ。

勿論、婿となる人物も家格の釣り合う貴族であることが望まれる。

きっと父は、平民であるルーシャスを拒むだろう。

それ以前に、ルーシャスは自分のような小娘には興味がないだろう。彼は女性を惹きつけてやまない魅力的な男性だし、『来る者拒まず、去る者追わず』という噂も聞いた。結婚してくれなどと言えば、鼻であしらわれてしまうに違いない。

（分かっている。これは終わらせなくてはならない初恋だって……）

――けれど、もし、彼が私を選んでくれたら……。

きっと、ルーシャスとだったらなれると思うのだ。

父と母のような、互いを理解し合い、慈《いつく》しみ合える理想の夫婦に。

そして、二人で支え合って、幸福な人生を生きていくのだ。

――あと少しだけ。もう少しだけ。

彼を好きでいさせてほしい。いつか他の誰かと結婚する時までは、彼と幸福に生きる人生を、夢見ていたかった。

第一章　買われた花嫁

「え……？　破産……？」

オクタヴィアは呆然と呟いた。

目の前では父であるノースクリフ侯爵が、自分に向かって深々と頭を下げている。元は自分と同じ金色だった髪は、ここ一年ほどですっかり白髪へと変わってしまい、頭だけ見れば老人のようだ。

「お、お父様、どうか顔を上げてください……」

「すまない……！　すまない、ヴィア……！」

自分の親に頭を下げられるなんて経験は初めてで、おろおろしながら父に言うのに、父は同じ体勢のままひたすら謝ってばかりだ。このままでは埒《らち》が明かない。謝られるよりも先に説明してほしい。オクタヴィアは父の頭を上げさせるのを諦《あきら》めて、質問をすることにした。

「ね、ねえ、お父様。嘘なのでしょう？　うちが……その、は、破産寸前だなんて……」

訊ねた声は震えてしまった。それはそうだろう。これまでノースクリフ侯爵家は高位貴族の中でも裕福な方だった。時代の変化で、貴族と平民との貧富の差がこれまでのように明確ではなくなりつつある中、自領地の農地経営からの収入では足りないと、投資や事業経営に乗り出す貴族もいて、父もその一人だった。

『これからの時代は、何もしないでいては貧しくなる一方だ。貴族も金を稼《かせ》がなければ、領民を養っていけない！』

と父は真剣な目をして言っていた。

それは『貴族とは地代収入を得ながら、無償で社会に貢献するものだ』とする貴族社会において異端な考え方ではあった。だがオクタヴィアは、領主でありながら領民を顧《かえり》みず、賭博《とばく》や遊興《ゆうきょう》で散財する貴族を何人も知っている。そんな人たちよりもよほど健全で尊い考えをしていると納得したから、父のすることを応援してきた。

——だがまさか、こんなことになってしまうなんて。

夢であってほしいと願うオクタヴィアをよそに、父は力なく首を横に振った。

「……嘘ではないのだよ、ヴィア……。私が投資した会社の商品をのせた貿易船が難破し、積み荷は海の藻屑《もくず》となった。投資した会社は破産し、再起不能状態だ。無論、投資した私の金が戻ってくることもない。……このままでは我が家は破産するしかない」

「そ、そんな……」

なんということだろう。唐突に降って湧いた不幸に、眩暈《めまい》がしそうだ。

だが、とオクタヴィアは奥歯を噛み締める。オクタヴィアにはお金のことは分からない。経営は領主の仕事であり、父の仕事だ。妻であるノースクリフ侯爵夫人がいれば父を支えたのだろうが、残念ながら母はオクタヴィアが幼い頃に亡くなっていた。愛妻家だった父は、後妻を娶《めと》ろうとはせず、男手一つでオクタヴィアを育ててくれた。

これまでオクタヴィアは、全てを父任せにして、裕福な貴族の令嬢として何不自由なく生きてきた。それなのに貧しくなってしまったからと、父を責めることなどどうしてできようか。自分にだってこうなってしまった責任はあるはずだ。

オクタヴィアは頬に力を込めて笑顔を作り、項垂《うなだ》れる父に明るい声を出した。

「大丈夫よ、お父様。お金がないなら、働けばいいのです。私も……何ができるか分からないけれど、働きます。未婚だし、ちょっと若すぎるけれど、家庭教師《ガヴァネス》ならできるかもしれないわ。私、行儀作法やダンスでは先生からいつもAをもらっていたもの！　数学や語学だって、もう一度勉強し直せばきっと教えられるわ！」

社交界デビュー前に付けてもらった家庭教師から、『優秀だ』と褒《ほ》められたことを思い出して喋っていると、父は困ったように眉を下げる。

「……すまない、ヴィア。お前には、働いてもらうわけにはいかないのだ」

「まあ、お父様。心配なさらないで。私は働けるわ。もちろん、社交界での評判は悪くなってしまうと思うけれど、そんなことに構っている場合では……」

娘の将来を心配して反対しているのだと思い、更に言い募ると、父は「そうではない」とまた首を横に振った。

「……お前には、結婚をしてもらいたい」

「――えっ？」

突拍子もない話に、オクタヴィアは目を丸くした。意味が分からない。家が破産するかもしれない危機だというのに、どうしてその家の娘が結婚できるというのか。

「で、でも、持参金は……払えないのでしょう？」

オクタヴィアの問いに、父はコクリと頷いた。

「持参金を要らないという人がいるのだ」

「ま、まあ、本当に？」

この国では、貴族が結婚する際、嫁ぐ家から持参金が支払われる仕組みだ。貴族の結婚は九割が政略結婚で、その持参金の額が花嫁候補の人気を左右するとも言われている。

ノースクリフ侯爵の一人娘であるオクタヴィアには多額の持参金が用意されていたため、未婚令嬢の中でも人気がある方だったが、それがなくなった今、自分と結婚したいという奇特な男性などいるはずがないと思っていたのに。

「その上、お前と結婚できるなら、我が家の負債を全額負担するとまで言ってくれている」

「な……そ、そんな……!?」

そんなうまい話があるわけがない、という言葉を、オクタヴィアはすんでのところで呑み込んだ。呑み込んだものの、本当は言いたくて堪らなかった。世間知らずのオクタヴィアでも分かる。それは何か裏がある話だ。

オクタヴィアはコホンと咳払いをした後、父の顔をしっかりと見据えて言った。

「お父様、それは少し変なお話ですわ。持参金が要らないばかりか、お金までくれると言っているのでしょう？　相手にはなんの得もありません。そんな慈善活動ができるのは、国王陛下か夢のような大富豪くらいですよ」

きっと父は突然の不幸な事態に混乱し、冷静さを失っているのだろう。正気に戻してあげなくては、と思って言った言葉に、父はパッと明るい笑みを浮かべた。

「そう、そうなのだよ、ヴィア！　相手は大富豪なのだ！」

「お、お父様……」

困った。父が正気に戻ってくれない。

どう説明すれば分かってくれるだろう、と情けない顔になったオクタヴィアは、次に父の口から飛び出した名前に、腰を抜かすことになった。

「お前の結婚相手、それはあのルーシャス・ウェイン・アシュフィールドなのだよ！」

「――え……？」

ルーシャス・ウェイン・アシュフィールド。

それは今、社交界で知らぬ者のいない有名な名前だった。

『ごうつくばりの平民金貸し』、『金の亡者』、『野蛮な成金《なりきん》』――。

アシュフィールドの異名はあまたあるが、全て彼を悪く言うものばかりだ。

それも仕方ない。彼は平民でありながら、若くして築いたその巨万の富を武器に、階級制度という高い壁をぶち壊して社交界に入り込んできた異分子なのだから。

『礼など結構だ、早く行け』

低い艶やかな声と共に、こちらを射竦《いすく》めるように見る金の瞳が脳裏に蘇《よみがえ》った。

艶めく黒髪に、端整な顔立ち。上背のある逞《たくま》しい体軀を上等な夜会服で包んでいるのに、醸《かも》し出す雰囲気が野性的で、まるで戦士のようだった。

（――あの、ルーシャス・ウェイン・アシュフィールドが、私の結婚相手……!?）

多くのことが一度に起こりすぎて、頭がパンクしそうだ。

くらり、と本当に眩暈を感じて、オクタヴィアはその場にへたり込む。

「あ、お、おい！　ヴィア！　どうしたのだ！　しっかりしなさい！」

いきなり腰を抜かした娘を、父が慌てて抱き留める。

「おい、誰か！　誰か、来てくれ！」

父が使用人を呼ぶ声を聞きながら、オクタヴィアはゆっくりと意識を失ったのだった。

＊＊＊

父に、ルーシャス・ウェイン・アシュフィールドと結婚してくれと頼まれた日から、オクタヴィアはずっと夢心地だった。長い間恋い焦《こ》がれ、けれどきっと叶わないだろうと半ば諦めていた恋が、こんな形で成就するなんて。まさに夢のようだ。

（結婚式はしないと言われたけれど、別にいいわ。だってお父様が破産しかけていることはもう知れ渡っているし、それで娘の私が平民である彼と結婚するとなれば、お父様が娘を売ったと言われるのは必至。きっとお父様を笑いものにしないために、気を遣って結婚式を挙げないと言ってくださっているのよ）

本当のことを言えば、少しだけ残念だった。多くの若い娘と同じように、オクタヴィアも結婚式に憧れを抱いていたから。だが好きでもない相手との結婚式と、初恋の相手であるルーシャスとの結婚とは、天秤《てんびん》にかけるまでもない。だから些細《ささい》なこだわりは捨てることに決めていた。

（ミスター・アシュフィールドは、あの時のことを覚えてくださっていたのかしら。私のことを知っているから、こうして結婚を申し込んでくださったのよね？）

さすがのルーシャスも、顔も知らない娘と結婚しようなどと思ったりはしないだろう。自分を覚えてくれていたから、父が窮地に立たされていると知って、救いの手を差し伸べてくれたのかもしれない。

（だってあの方は……本当は優しい人だと思うから）

あの時だって、ルーシャスにはなんの見返りもないのに、自分を助けてくれた。

（もしかしたら……もしかしたら、彼も、あの時私に好意を抱いてくださったのかも……！）

ずいぶんと都合の良い妄想だ。頭の片隅でそう冷静に思う自分もいたけれど、なにしろ今のオクタヴィアは恋する乙女である。恋い焦がれた相手との結婚を前にして、妄想を巡らせない方がおかしいというものだ。

そんなわけで、初恋の相手との結婚が決まった恋する乙女であるオクタヴィアは、毎日妄想に耽《ふけ》り、ぼうっとしたかと思うと急に顔を覆ってもだもだしたり、あるいは遠くへ視線をやってため息をついたりしていた。

そんな娘を見て父は、ルーシャスとの結婚が嫌でショックを受けていると勘違いしていたらしい。

青い顔でオクタヴィアを見つめていたかと思うと、思い切ったように言った。

「ヴィア。もういい、私が間違っていた。やはりこんなことはするべきじゃなかった」

「え……？」

オクタヴィアは驚いて顔を上げた。

何が間違っていたというのか、さっぱり分からない。

ポカンとしていると、父は長椅子からすっくと立ち上がり、娘に手を差し出した。

「いくら我が家を存続させるためとはいえ、お前に全てを負担させるような真似をするなんて……！　何かほかに方法があるはずだ。結婚なんてしなくていい。そうと決まれば帰ろう、オクタヴィア！」

「え？　お、お父様、何を言って……」

訳の分からないことを言い出した父に、オクタヴィアは焦《あせ》ってしまった。

（け、結婚しなくていいって、冗談ではないわ！）

今日は指折り数えて待っていた日――ルーシャスとオクタヴィアが結婚する日だ。結婚式はしないから、結婚登記所で簡単な誓約式をすることになっている。その後書類を提出すれば、二人は晴れて夫婦である。

そのために今、父とオクタヴィアは登記所の待合室で、ルーシャスを待っているところなのである。

「ま、まだミスター・アシュフィールドもいらしていないのに！」

ちなみに、結婚が決まってからまだ一度もルーシャスに会えていなくて、今日はようやく彼に会えるのだと、昨夜から胸がどきどきしっぱなしだった。

(この期に及んで、何を言い出しているの、お父様！)

心の中で父の優柔不断っぷりに怒っていると、その父にポンと肩を叩かれる。

「お父様が悪かったよ、ヴィア。こんなに憔悴《しょうすい》してしまうほど恐れている相手と結婚させようなんて、私はなんて酷い父親だったんだろう……！」

「えっ、しょ、憔悴……？」

いつの間にか自分が彼との結婚を嫌がっていることになっていて、オクタヴィアは慌てた。

「お、お父様、私は別に……」

「いや、いいんだ、ヴィア。もう何も言うな。お前が家のことを考えて自分を犠牲にする優しい子だということは、私がよく分かっている。その優しさに付け込んで、私という父親は……！」

父の耳にはオクタヴィアの声など届いていないようで、一方的に喋りながら「クッ……！」と言葉を詰まらせて涙を堪えている。

「さ、帰ろう、ヴィア！」

父が言ったその時、大きな音を立てて入口のドアが開かれた。

「なっ……！」

ノックもなしにドアが開かれたことに仰天した父が、憤慨《ふんがい》した面持ちでそちらを見遣《みや》る。オクタヴィアも驚いて視線をやると、そこに立っていたのは、ルーシャス・ウェイン・アシュフィールドその人だった。

オクタヴィアは息を呑んだ。

ルーシャスは、相変わらず魅力的だった。

精悍《せいかん》で野性的な美貌だけでも目を引くのに、そのバランスの良い長軀《ちょうく》はしなやかで逞《たくま》しく、彼の発する雰囲気《オーラ》は見る者を圧倒する。こちらを睥睨《へいげい》する姿は、ライオンが獲物を求めて周囲を見渡す様《さま》にも似ていた。

（……あの金色の瞳が、そう思わせるのかしら……）

まるで極上の黄玉《トパーズ》のような透き通った金色が、彼を人間離れした存在に見せるのかもしれない。

「アシュフィールド！」

父が悲鳴のような声で名を呼んだ。

ルーシャスは被っていた中折れ帽を片手で取ると、「どうも」とでも言うように気取った仕草で会釈《えしゃく》する。

「ノースクリフ侯爵」

挨拶《あいさつ》の呼びかけをする低い声は、あの時と同じようにオクタヴィアの鼓膜《こまく》を心地好く震わせた。

（……ミスター・アシュフィールド）

恋しい人にようやく会えた感動に、オクタヴィアは心の中で彼の名を呼んだ。だがそれがルーシャスの耳に届くはずもなく、彼はオクタヴィアを見ることもせずにツカツカと大股で部屋の中に入り込んできた。後ろから彼の護衛らしき黒ずくめの男たちが三人ついてきて、最後の男がドアを閉める。護衛たちもルーシャス本人もとても大柄なせいか、部屋が一気に狭くなったような気がした。

父とオクタヴィアは、思わずごくりと唾《つば》を呑む。

それだけではない。彼らから醸し出される空気は重々しく、明るさなどほとんどなかった。ひたすらこちらを威圧するような雰囲気に、オクタヴィアは戸惑いを覚える。

（……私たち、これから、結婚……するのよ、ね……？）

思い描いていた幸福な雰囲気はどこにもない。

ルーシャスはオクタヴィアたちの前までやって来ると、父の顔を見下ろしたまま、護衛に向かって手を振った。その合図で背後にいた男の一人がサッと動き、ドン、と父の目の前に大きな黒いアタッシュケースを置く。間を置かず、ケースが開かれて中身が見えた。

「────ッ」

父がヒュッと喉を鳴らすのが聞こえた。さもあらん。アタッシュケースに煉瓦《れんが》のようにきっちりと隙間なく詰められていたのは、新券の札束だったからだ。

「約束通り、三百万グラードだ」

抑揚のない声が部屋に響く。それで説明は終わりだとばかりに口を噤《つぐ》んだ彼を、オクタヴィアは呆然と見上げた。あまりにも想像と違う再会に、言葉も出てこない。

「さ、三百万グラード……」

隣で父が食い入るように札束を見つめながら鸚鵡《おうむ》返しをした。三百万グラード——それだけあれば、家の負債を全て返済した上、滞っている使用人たちへの給金も支払える。更には当座の生活費にも困らないだろう。父は金を見つめたまま動かなくなった。先ほどまで『帰ろう』と娘を急かしていたとは思えない。

なんとも言えない侘《わ》びしい気持ちになって、オクタヴィアは父から目を逸らした。

「くれぐれもこの間のように、自棄《やけ》を起こして賭博でスッてしまわないように」

ルーシャスが淡々と付け加えた台詞に、オクタヴィアは目を剝いてしまう。

「と、賭博!? お父様、どういうことですか？ 負債は、貿易船が難破したからなのでしょう!?」

驚きのあまり、礼儀作法をかなぐり捨てて父に詰め寄る。すると父は目を泳がせて「いや、その」ともごもごと口を動かした。

「お父様、ちゃんと説明してくださいませ……！」

情けなさのあまり声に涙が絡む。膨大な借金は不可抗力だったと思っていたのに、父の賭博が原因だなんて。領主として、父として尊敬していたのに、裏切られた気持ちになってしまう。

半泣きになる娘に、父はオロオロとするばかりで説明をしようとしない。

それを見かねたのか、ルーシャスが深いため息をついた後、「やめろ」と言うようにオクタヴィアに向けて手を一振りした。

「貿易船が難破してお父上が大損したのも事実だ。そして君の知らない事実は、負債額にショックを受けたお父上が自棄を起こして賭博場へ行ったこと。そこで私を相手に大博打を打ち、負けて負債額が倍に増えただけだ。事実に大差はない」

くだらない、とばかりに言い捨てるルーシャスに、オクタヴィアはあんぐりと口を開く。大差がないどころか、倍になっているではないか。

「そ……そ、そ……」

何を言えばいいのか分からず、壊れたオモチャのように「そ」と言い続けていると、ルーシャスが胸ポケットから懐中時計を出して時間を確認した。

「時間を無駄にしたな」

「……」

あまりの言い草に今度こそ二の句が継げなくなって、オクタヴィアはルーシャスをまじまじと眺めた。すると時計から視線を上げた彼と目が合って、ドキリとする。

「では行くぞ」

ルーシャスは当たり前のように言うと、オクタヴィアの手首を摑んだ。

「えっ、行くって、どちらへ……!?」

「約束通り、金は渡した。これであなたは俺のものだ」

「も、ものって……！」

まるで品物を買うかのように言われて、オクタヴィアはカッとなる。手首を摑むルーシャスの手を振り払い、目を見開いている目の前の美貌を睨《にら》みつけた。

「私は誰のものでもありません！　人は人を所有することなどできないのですから！」

反論すると、ルーシャスは一度瞬きをした後、形の良い眉を上げてみせる。

「だが俺はあなたの父親に金を払った」

「……っ、そ、それは……」

現実を突きつけられて、オクタヴィアはぐうの音も出ない。先ほど三百万グラードの現金を見せられたばかりである。ちらりと隣を見れば、いつの間にかしっかり閉じられたアタッシュケースを、父が大事そうに抱えているのが見えた。

ルーシャスも横目でそれを確認して、片手をスッと上げる。すぐさま護衛が動き、父の前にびっしりと何かが書かれた紙を差し出した。

「侯爵、契約書です。あなたは三百万グラードと引き換えに、俺とあなたの娘、オクタヴィア・アイリーン・ノースクリフとの結婚を許可する。この内容に異論がなければ、そこにサインを」

畳みかけ方が容赦ない。ナイフを喉元に突きつけるような言葉選びだ。現実という鈍器《どんき》で頭を殴ってくるようなやり方に、オクタヴィアは自分の甘ったるい初恋の妄想が、水をかけられた綿飴《わたあめ》のように溶けて消えていくのを感じていた。

（この人は……甘い人間ではないのだわ）

その天才的な投資術で、平民であるにもかかわらず、一国の王にも匹敵する莫大な財産を築き上げた男だ。投資で生み出した金を元手に様々な会社を買収し、今彼が所有する会社の数は両手では足りないという。二十八歳の若さにしてそこまで辿り着くのは、尋常な努力ではなかったはずだ。目的のためなら手段は選ばない悪魔のような男だと噂されているのは、あながち間違っていないのかもしれない。

オクタヴィアはブルッと背筋を震わせた。この男と結婚してしまっていいのだろうか、と不安が込み上げてくる。それは不安というより、ネズミが猫を恐れるような、本能的な恐れなのかもしれない。本来ならば最初に感じなくてはいけないそれを、恋に浮かれてしまっていたせいで感じなくなっていたなんて。危機管理もままならなくするとは、恋とはなんて恐ろしいものなのか。

契約書を前に、父は一瞬オクタヴィアに視線を投げた。その頼りない眼差しに、オクタヴィアの胸がギュッと痛む。父のこんな姿は見たくなかった。

（そうよね。サインしなければ、ノースクリフ侯爵家はおしまいだもの……）

そもそも、オクタヴィア自身はこの結婚に乗り気だったのだ。初恋の相手との結婚に夢見心地だったくらいなのだから。

（……自分が勝手に作り上げた虚像と違っていたからといって、彼を否定するのは間違っているわ）

ルーシャスにしてみても、勝手に理想化されて「思っていたのと違う」と文句をつけられるのは、迷惑極まりないことだろう。自分だってそんなことを言われれば、理不尽だと腹を立てるに決まっている。

（私は彼との結婚を望んだのだもの）

どんな経緯があったとしても、オクタヴィアの初恋はルーシャスで、彼との結婚を決めたのは自分だった。だから、とオクタヴィアはお腹に力を込めて顔を上げた。

（妻になるのなら、彼に臆《おく》していてはいけないわ！）

ルーシャスの肘を摑み、直角に曲げてから自分の前へと引き寄せる。そこに自分の手を添えて美しいエスコートの体勢を取ると、キリッと眦《まなじり》を吊り上げた。

ルーシャスは瞠目《どうもく》したまま、オクタヴィアを見つめている。

「これがエスコートの正しい体勢です」

「……なるほど」

「あなたが私を結婚相手に選んだ理由はなんですか？」

彼と再会したら訊いてみようと思っていたことだ。もちろん先ほどまで自分が考えていたような甘っちょろい返答は期待していない。ルーシャスは投資家で実業家だ。三百万グラードもの金で妻を買ったのだから、それに見合った見返りを求めているはずだ。

（それが何かを確認しておかなくては）

ルーシャスにとっては金で買った妻でも、オクタヴィアにとってはこれから家族になる夫――愛し、慈しみ、共に人生を歩んでいく最愛のパートナーだ。ルーシャスが自分に求めているものを理解しておくことは、これからの長い年月を寄り添うためには不可欠だ。

オクタヴィアの質問に、ルーシャスは少し沈黙した。くだらない質問だとでも思っているのだろうか。だがそれでも質問には答えないといけないと考えたのか、無表情のままおもむろに口を開く。

「……あなたが『社交界の天使』と呼ばれていたからだ」

「――つまり、私の社交性を買ってくださったということですね」

オクタヴィアは納得して頷いた。

『社交界の天使』とは、少々面映《おもは》ゆいがオクタヴィアの社交界でのあだ名である。

（……お父様が、ものすごい額の持参金を提示してしまったから……）

そのおかげで、オクタヴィアは社交界でそれなりに人気が高かった。もちろん、社交界という場所は持参金の額だけで地位を確立できるほど、生温《なまぬる》い場所ではない。気を抜けば足を引っ張ろうとする者たちに陥れられる、恐ろしい場所だ。そんな中でもオクタヴィアが『天使』という異名を取るほどの地位を確立できていたのは、衝突を避け、無難にやり過ごすための社交術を身に着けていたからだ。

（あそこは、お金だけでも、地位だけでも、社交術だけでもダメな場所。生き抜くには全てを備える必要があるわ）

身をもって知っているオクタヴィアだからこそ分かる。

平民であるルーシャスがそこに入り込むには、彼だけでは不可能だ。いくら金があっても、階級社会の前では門前払いされてしまうだろう。『階級』と『社交術』が足りていないのだ。

（それを補うのが、『社交界の天使《わたし》』というわけね）

ひと昔前ならば、平民が社交界に出入りするなんてあり得ない話だったが、平民が莫大な財力を持ち始めた今は違う。金さえあればそれは可能なのだ。

だが選民思想を持つ貴族にとって、平民が同じ土俵に入り込んでくることは耐えがたい苦痛だ。平民を無視したり嫌がらせしたりして拒絶を示すなんてことも、社交界ではよくあることだ。

多くの事業を手掛けるルーシャスなら、貴族を相手にする必要もあるのだろう。階級社会に弾かれてしまえば、事業はそこで行き詰まる。そんな時、貴族の誰かが自分に手を貸してくれればと考えるのは当然のことだろう。

もちろんオクタヴィア自身も、ルーシャスと結婚することで平民になる。となればオクタヴィアを爪弾《つまはじ》きにする貴族も出てくるだろうが、もともとは社交界の輪の内側の人間だ。外から入り込もうとするルーシャスと比べれば、風当たりの強さは雲泥《うんでい》の差であるはず。

「分かりました。お役に立てるようがんばりますわ」

決意を込めたオクタヴィアの宣言に、ルーシャスは眉宇《びう》を顰《ひそ》めた。

「――何のだ？」

不機嫌そうな表情に怯《ひる》みそうになったが、オクタヴィアは勇気を奮い立たせてニッコリと微笑んでみせる。

「安心なさってください。私のような小娘でも、風除《かぜよ》けくらいにはなれるはずですから」

「俺に風除けなど必要ない」

風除け、という比喩がお気に召さなかったようで、ルーシャスはますます顔を顰《しか》めたが、オクタヴィアは聞かなかったフリをした。不機嫌な表情程度で怯んでいては、ルーシャス・ウェイン・アシュフィールドの妻は務まらない。なにしろこの先の一生を、彼と共に過ごさなくてはならないのだから、口喧嘩《くちげんか》をできるくらいには逞しく、強くならなくては。

(そしていずれ、私が『もの』ではなく『人間』で『妻』であると、理解していただきますから……！)

オクタヴィアは密かに拳を握り締め、夫となる男性に心の中で宣言した。


登記所での結婚手続きはあっという間に終了した。

一応小さな祭壇が設置された部屋に二人で行き、司祭服を着た男性(もしかしたら司祭ではなくただの職員かもしれない)に愛を誓い、その場で書類に署名して提出して終わりである。

分かってはいたけれど、やはり感慨も余韻も何もない結婚式だった。

少しだけしょんぼりしながら、父が待つ待合室へと行こうとすると、がしりと手首を摑まれた。ルーシャスがこちらを睨み下ろしている。

(怒っていても、きれいな顔だわ)

オクタヴィアは胸の裡《うち》でそんな感想を述べた。不機嫌そうな顔ばかり見ているせいか、慣れてきてあまり怖くなくなってきた。

「おい、どこへ行く」

「え……お父様が待っていますから」

父と一緒に帰る気満々だったオクタヴィアは、なんの疑問も抱かずにそう答えたが、ルーシャスにはあり得ない返事だったらしい。彼はあんぐりと口を開き、盛大な呆れ顔をしたかと思うと、手で額を押さえながら唸《うな》るような声で罵《ののし》った。

「阿呆か！」

「あ……？」

オクタヴィアは目が点になる。「困ったさん」とか「うっかりやさん」などという、遠回しな言葉で諭されたことはあっても、「阿呆」なんて酷い罵倒《ばとう》のされ方をしたのは生まれて初めてだった。

「あなたは、たった今、俺の妻に、なったんだ。つまり、もう、ノースクリフ家は、あなたの家では、ない！」

一つひとつのセンテンスを区切って強調する喋り方は、まるで聞き分けのない子どもに言い聞かせるイヤミな教師のようだ。あまりの子ども扱いにムッときて、オクタヴィアはルーシャスを睨み返した。

「そ、そうはおっしゃいますけど、なにしろ急なお話でしたもの。嫁ぐ準備はまだ何もできておりません！」

父が結婚の話を持ってきたのは、つい一週間前のことだ。オクタヴィアは自分の衣装などの私物をそっくり実家に置いたままだし、なんなら荷造りすらしていない。貴族の場合、結婚までに一年以上かけて準備をするものだし、一週間やそこらでできるものではない。だから結婚しても、当分は実家に住むのだろうと思っていたのだ。

だがルーシャスはその反論を鼻で笑った。

「準備は俺が全て済ませた。あなたは身一つで来ればいい」

あっさりと言い切られてしまい、オクタヴィアは呆気に取られる。

（す、済ませたと言われましても……）

なんの準備をしてくれたのだろうか。衣類を買ってくれたということか。だがドレスにしても帽子にしても靴にしても、サイズというものがある。オクタヴィアのサイズをルーシャスが知っているわけがない。それに必要な物は衣類だけではない。化粧品や香水といった身支度に必要なものや、お気に入りの小説や随筆など、傍に置いておきたい物は挙げればきりがない。

（それだけじゃないわ！）

「あの、準備が必要なのは、私だけではないのです。突然私がいなくなれば、お父様が困ってしまいます。家の采配《さいはい》は私の役目なのですから」

幼い頃に母が亡くなり、父は再婚をしなかったため、娘であるオクタヴィアが早い時期から女主人の役目を果たしてきたのだ。自分の代わりができる人間は、ノースクリフ家には誰もいない。

眉を下げるオクタヴィアに、ルーシャスはため息をついた。

「……あなたの実家には新たな執事とハウスキーパーを手配してある。これ以上の浪費を抑える目的だ。どちらも有能な者だから、正しく厳しく家を采配するだろう。心配は要らない」

「まあ！」

それを聞いて、オクタヴィアは明るい声を上げた。正直な話、オクタヴィアには父を上手く御《ぎょ》せる自信がない。一度破産しかけたのだから、万が一に備えるためにもこれからは節制した生活を送るべきだ。だが父は根っからの貴族で節約生活などしたことがないし、情けないことにそれはオクタヴィアも同じである。似た者同士が寄り添っていても、事態は好転しないのではないかという危惧《きぐ》はしていたのだ。厳しく抑制をかけてくれる人物が父の傍にいてくれるのならば、安心だし大変にありがたい。

「それはとても助かりますわ。ありがとうございます！」

「礼は不要だ。行くぞ」

ルーシャスは無愛想にそう言うと、オクタヴィアの手を引いて役所の建物を出た。

「あ……」

せめて父に挨拶くらいしたかったのに、と思ったが、外に出た途端、目の前に大きな音を立てて停車する乗り物が現れたので、驚いてそれどころではなくなった。

「ま、まあ！　自動車？」

エンジンで動くという、馬の要らない乗り物だ。新聞などに載っていたので存在は知っていたが、当然ながらとんでもなく高額だから所有している人は少ない。オクタヴィアも見るのは初めてだった。

「今日は天気が良かったからな」

隣でルーシャスが大きな声で言った。バ、バ、バ、というエンジンの大きな音のせいで、大声を出さないと聞こえないのだ。オクタヴィアは車をしげしげと眺めた。

「屋根がないのですね」

ノースクリフ家の馬車は、箱状に作られているから雨風も陽射しも避けられる。だがこの自動車には屋根がないので、雨が降るとずぶぬれになってしまうだろう。

「お天気が良い時しか乗れないのは不便ではないですか？」

「一応、幌《ほろ》はついている」

オクタヴィアの質問に、ルーシャスは馬車の後ろの方を指した。そこには鉄の骨組みと黒い布が組み合わさったようなものが設置されていて、どうやらそれを引っ張り上げれば覆いになるようだ。

「気休め程度の代物だが」

ルーシャスは肩を竦めて付け加えると、先に車に乗り込んだ。そしてオクタヴィアに向かって手を差し出す。この手を取れ、ということなのだろう。

目の前の大きな手に自分の手をのせると、ギュッと掴まれて引っ張り上げられた。

「きゃあっ」

こんな強い力で引っ張られた経験がなかったオクタヴィアは、驚いて悲鳴を上げてしまう。男性が女性に手を差し出す時、大抵は儀礼的なもので、手は添える程度にしか触れないからだ。

目を白黒させているオクタヴィアに、ルーシャスはまた眉間に皺《しわ》を寄せていた。

「……軽いな。ちゃんと食っているのか？　ノースクリフ家の経済状況が食う物に困るほどだという報告は受けていないが……」

「たっ、食べています！　失礼ですわ！」

女性の体重というデリケートな部分を話題にされただけでなく、実家の経済状況の心配までされて、オクタヴィアは顔を真っ赤にして憤慨する。だがルーシャスは少し首を傾けてから、指で座席を示して「座れ」と短く命令した。

「突っ立っていると危険だ。動くぞ」

淡々とした口調は、車の上で立ったままでいるオクタヴィアを窘《たしな》めているようにも聞こえる。自分の怒りをまるっきり無視されて、オクタヴィアは口を引き結んでどすんと席に腰かけた。

（……っ、まるで、躾《しつけ》のなっていない子どもに対するみたいに言って……！）

確かに動く自動車の上で立った状態でいるのは危険だ。だからルーシャスの指摘は実にもっともなのだが、問題はそこではない。女性の体重についての言及や、家の経済状況を懸念するような発言を公共の場でするのは、デリカシーがないのだと言いたい。

不満を訴えるつもりでじっとりとルーシャスを睨むと、無表情のまま視線を逸らされた。

まっすぐ前だけを見つめる美しい横顔を見つめながら、オクタヴィアはため息をつきたくなる。

（……なんだか、外国の人と一緒にいるみたい……）

同じ国の言葉を喋っているはずなのに、まるで意思の疎通《そつう》ができていないように思われるのは気のせいだろうか。こんなことで、これからの結婚生活はどうなるのだろうかと不安が込み上げたが、そんな自分を心の中で叱咤《しった》する。

（だめよ、オクタヴィア。さっき自分で結論を出したでしょう）

どんな経緯であれ、自分はルーシャスとの結婚を望んだのだ。ならば良い夫婦になれるように努力していかなくては。政略結婚が大半である貴族の場合、結婚してから相手を知っていく方が普通だ。合わない相手だったとしても、夫婦の中で互いに折り合いをつけていくものなのだから。

（そうよ。私はまだ、彼のことをちゃんと知ってもいないのに）

互いを理解し合う時間はたくさんある。皆、そうやって夫婦になっていくものなのかもしれない。

（いつか、互いを尊重し、愛し合える夫婦になれるように……）

オクタヴィアの脳裏に浮かぶのは、父と母が寄り添う、幼い頃に見た光景だ。

父と母は本当に仲睦まじい夫婦だった。笑い合い、片方が泣いている時には慰めて、喧嘩をしてもすぐに仲直りをして、いつだって手を繋いで歩いていた。

両親のような夫婦になるのが、ずっと夢だったのだ。

（今は無理でも……いつか）

祈るような気持ちで夫となった人の美しい横顔を見つめていたオクタヴィアは、やかましいエンジン音の中に子どもの高い声が混じっていることに気がついた。

「ねえ！　お貴族様！　お花を買っておくれよ！　安くてきれいだよ！」

ふと車の横を見下ろせば、エンジン音に負けじと声を張り上げている六、七歳くらいの小さな女の子の姿があった。ボロボロの服の袖から出ている細い腕に、花がいっぱい詰まった籠を引っかけている。

（花売りの子どもだわ……）

貧しい子どもが生活の足しにと、花やマッチを街頭で売るのはよくあることだ。父はそういう子どもを見かけると、必ず全ての花を買い取ってやっていたし、オクタヴィアももちろんそれに倣《なら》っていた。

「ねえ、お花だよ！　買っておくれ！」

こちらに一生懸命腕を伸ばして訴えかける少女に、オクタヴィアは微笑んで頷いた。

「ちょっと待っていてね」

言いながら立ち上がろうとすると、ぐい、と手首を掴まれる。

「何をしている」

低い声は、ルーシャスだった。立ち上がりかけたオクタヴィアを、睨むようにして見つめている。

「何って……あの子のお花を買おうと思って」

「花なら花屋で買ってやる」

淡々と言われ、オクタヴィアは半ば呆れた気持ちで頭《かぶり》を振る。この状況を見て、どうして花が欲しいのだと思えるのか。

「お花が欲しいわけではないのです。あの子の助けに……」

「助けになどならない」

ピシャリと言われ、オクタヴィアは瞠目する。なぜそんなことを言われるのか分からず、口をパクパクとさせていると、ルーシャスはチラリと少女の方へ視線をやって、またオクタヴィアを見た。

「あの子が売った花の代金は、ああいった子どもたちをこき使っている元締めの懐《ふところ》に入る。あの子が手にできるのは、今夜食べるパン一個分の金程度だ」

「そ……そんな」

初めて知る事実に、オクタヴィアは息を呑んだ。まさかこんな小さな少女が稼いだ金を横取りする者がいるなんて。

「で、でも、あの子には、今日食べるパンを買うお金もないのでしょう？」

「あなたのような愚かなお貴族様が施しをするせいで、子どもを利用して金を稼ごうとする小悪党がのさばり続ける。結果、搾取《さくしゅ》される不幸な子どもは増える一方だ。あなたの自己満足のためだけの無知な施しはやめるんだ」

「無知な施し……？」

「そうだ。問題を悪化させるだけの、無知で浅慮《せんりょ》な行いだ」

ルーシャスの口調は淡々としていた。表情からは何も読み取れず、彼が呆れているのか怒っているのかも分からない。

だがそんなことよりも、オクタヴィアにはその内容が衝撃的だった。信じられなかった。ルーシャスの言ったことが本当だと信じられなかったわけではなく、彼に呆れたのだ。

「……不幸な子どもが増えることを知っていて、なぜあなたは何もしないのですか？」

オクタヴィアの質問に、今度はルーシャスが虚《きょ》を衝《つ》かれた顔になる。

「俺が？　なぜ俺があの子どものために何かをする必要があるんだ？」

「あなたが富と力を持つからです！」

特権を持つ者は、持たざる者への義務を果たすことで、均衡《きんこう》を保たなくてはならない。特権は貴族のみが持っているものではない。富裕層や権力者、知識階級も特権を持つ者なのだ。なぜならば、彼らはこの国の経済や政治、司法や教育の担い手なのだから。

「持つ者は、持たざる者に対して、社会的責任があるのです！」

当然のことを言ったつもりだったのに、ルーシャスはますます目を丸くした。

「意味が分からない。俺が金持ちであることと、あの子どもが不幸であることは、なんの繋がりもない」

「そう思っているのなら、あなたの方が無知なのだわ！」

オクタヴィアはそう言い捨てると、ルーシャスの手を振り切って車を降りた。そして子どもの前に立つと、あかぎれのできた手を取り、にっこりと笑う。

「さあ、行きましょう」

子どもは花を買ってもらうつもりだったのだろう。きょとんとした顔になって、「お花は？」と訊ねてきた。オクタヴィアは首を横に振る。

「ごめんなさいね。そのお花は買えないの」

言いながら、オクタヴィアは心の中でルーシャスの指摘が正しいことも認めた。今オクタヴィアがこの子の花を買ったとして、その金がこの子を搾取する大人に奪われるのでは意味がないどころか、悪循環に手を貸していることになる。

(だからといって、私には何もしないなんて選択肢はないわ)

悪循環になるとしても、この子にとっては大切な今日のパン代であるはずだ。ならば搾取する元締めに金が渡らず、子どもの腹を満たす方法を考えればいい。

ガッカリした顔になった子どもに、オクタヴィアは力強く微笑んだ。

「お花を買う代わりに、今からパン屋さんへ一緒に行くの。そこで食べられるだけのパンを買ってあげる」

オクタヴィアの答えに、子どもは戸惑った顔をしたものの、おずおずと訊ねる。

「そ、そのパン、あたしが食べていいの……?」

「もちろん、あなたが食べるパンよ。でも、パンを持って帰って、取り上げられたり怒られたりするのは困るから、今食べられる分だけね」

オクタヴィアの答えに、女の子はパァッと顔を輝かせる。だがすぐに何か思いついたように俯いて、またおずおずと言った。

「あ、あの……あたしの、弟も、連れてきていい……?」

オクタヴィアは満面の笑みを作って頷く。

「もちろんよ!」

そう言った瞬間、大きな影が自分の周囲を覆い、子どもが怯えた表情でオクタヴィアの背後を見た。振り返ると、そこには車を降りたルーシャスが立っていて、金色の目でこちらを見下ろしている。

（なによ！　文句があるっていうの？）

オクタヴィアが挑戦的に顎を上げて睨み返すと、ルーシャスは小さくため息をついた後、少女に向かって言った。

「弟の他にも、仲間がいるなら連れて来い。全員だ。パンを腹いっぱい食わせてやる」

低い声の命令に、少女がブンブンと頭がもげるほど首を上下させ、仲間を呼びにすっ飛んでいく。

転がるように駆けていく小さな後ろ姿を見送りながら、オクタヴィアは隣に立つ男を横目で見た。

「――関係なかったのではなくて？」

イヤミ交じりの質問を、ルーシャスは鼻でせせら笑う。

「あの子どもは関係ないが、あなたは俺の妻だ。妻が起こす面倒事の後始末をするのは夫の役目だろうからな」

（面倒事ですって⁉）

酷い言い草にオクタヴィアは目を剝いたが、ルーシャスは涼しい顔だ。

（この人には、たくさん教えることがありそうだわ！）

社交界の仲間入りをしたいのならば、礼儀作法や話術だけでなく、社会的地位のある者が持つべき慈愛の精神というものを、理解してもらわなくては。

オクタヴィアは気合を入れるように深呼吸をしてから、夫となった男性を見上げる。

「私も、あなたの妻の役割を、一生懸命果たすつもりですから！　お覚悟くださいね！」

オクタヴィアの宣言に、ルーシャスは不可解なものを見るような目をして、一言「そうか」と頷いたのだった。

第二章　守銭奴《しゅせんど》の住処

　その後、花売りの少女が連れてきた子どもは十数名に及んだ。その数にも驚いたが、子どもたちが皆瘦《や》せ細っていていることにも、オクタヴィアは驚き、胸を痛めた。近くのパン屋へ連れていくと、パンを見た途端、子どもたちの目がキラキラと輝いた。その顔を見た時、ルーシャスには止められたけれど、やはり行動して良かったと思った。

　大はしゃぎする子どもたちにパンを買い与えた後、ルーシャスは「用は済んだ」とばかりに、オクタヴィアを車へ放り込んだ。

「酷いわ！　まだ子どもたちと話がしたかったのに！」

　文句を言えば、ルーシャスは不愉快そうに鼻に皺を寄せた。

「これ以上俺の時間を無駄にするつもりか？」

「無駄って……！　あなたはあの子たちの様子を見ても、なんとも思わないのですか!?」

　幼い子どもたちがボロボロの衣服を着て、毎日の食べ物にも事欠くような有様だったというのに、可哀想だとか、なんとかしてあげたいだとか思わないのだろうか。

だがルーシャスは鬱陶しげに顔を顰めて言った。

「あなたの言う『何か思う』内容があの子どもたちへの憐《あわれ》みだとすれば、一切ないな」

「――あなたって人は……！」

呆れと怒りで口を開きかけたオクタヴィアは、その後に続くルーシャスの台詞に言葉を失った。

「自分を救えるのは自分だけだ。他者から助けてもらえることがあったとしても、それは奇跡のようなもの。いつ起こるか分からないものを待っていても、その先は悲劇か墓場しかない。人は生まれた瞬間から不平等で不公平なものだ。自分の境遇を不当だと思うなら、己の力で境遇を変えていくしかない。少なくとも、俺はそうしてきた」

いつになく饒舌《じょうぜつ》なルーシャスを見つめながら、オクタヴィアは知らず自分の心臓に手を当てていた。ルーシャスの表情は飄々《ひょうひょう》としているが、言葉の裏にある痛みのようなものを感じたからだ。

（――確かに、この人はそうやって生きてきたのでしょうね……）

平民であるルーシャスが今の地位にのぼり詰めるまでには、相当の苦労があったはずだ。もしかしたら、あの子どもたちと同じような境遇だったこともあるのかもしれない。

（――頼る者のいない世界……）

あの子どもたちのように、あるいは幼い頃のルーシャスのように、誰からも守られず、それどころか己を搾取する大人しかいない世界――想像して、背筋がヒヤリと冷たくなった。

　これまでの人生を、父に、そして貴族社会に守られてきたオクタヴィアにとっては、考えられないような世界だ。

「……ですが、だからこそ、特権を持つ者たちの助けが必要なのだと、私は思います」

　皆がルーシャスのように強ければいいが、そうではない。虐《しいた》げられたまま命を落としていく子どもだっているだろう。

「私は放っておけません。何かできることがあるはずです」

　オクタヴィアが言うと、ルーシャスはそれ以上反論しなかった。ただ一言、「好きにすればいい」とだけ言った後、運転手に合図をして車を走らせたのだった。

＊＊＊

　ルーシャスの「家」に到着して、オクタヴィアはポカンと口を開けた。

「こ、ここが、家……？」

　目の前に聳《そび》え立つのは、「家」でも「屋敷」でもなかった。

　まるで巨大な城壁のように視界を埋め尽くす白い建築物は、長い歴史を感じさせる壮麗な装飾が施されている。格式高い雰囲気のエントランスには、『ザ・ナイツ・プライド・ホテル』と書かれてあった。

——そう。そこは家でも屋敷でもない。ホテルだった。

（ザ・ナイツ・プライド・ホテルって……あの有名な……!?）

今から百年ほど前のジョナサン王のタウンハウスを、当時の大富豪ブルメンタールが買い取って再利用されたホテルだ。ブルメンタールは金融業で大成し、その財務分析力を買われて平民でありながら財務官に抜擢された。元は商人であることから処世術に長け、ジョナサン王に重用されて騎士位を授かり、最終的には宰相にまで登り詰めた人物だ。王から『永遠の友』と呼ばれるほど寵愛されていたと言われている。

そんな、時の寵児であったブルメンタールは、王の崩御と共に宰相位を辞し、亡きジョナサン王を偲ぶために莫大な金額でそのタウンハウスを買い取り、ホテルにしたという。敬愛する王から騎士位を授かったことにちなんで、『騎士の誇り《ザ・ナイツ・プライド》ホテル』というわけだ。

もともと王の別邸だった建物だ。当然ながら壮麗で伝統的な建築物であり、その美しさと豪華さで、この国で最も有名なホテルとなった。

だが伝統的な建物とは当たり前だが古く、改築や修繕《しゅうぜん》を定期的に施さねばならない。豪奢であるがゆえにその費用はかさむ一方で、ブルメンタール亡き後に引き継いだ子孫はこのホテルを持て余し、最近莫大な金額で売却されたという話だった。

「あ、あの、今日はここに宿泊するのですか？　ではまたどこかに移動を？」

もしかしてルーシャスは王都に住んでいないのかもしれないと思い至って、オクタヴィアは背後を振り返って訊ねた。

（世界を股にかけて活躍している実業家だもの。もしかしたら外国に家があるのかもしれない）

となれば、父と挨拶もせずに別れてしまったことが悔やまれる。王都から離れてしまえば、次にいつ父に会えるか分からないのではないだろうか。やはりあの時、父に会わせてもらうべきだった、と後悔していると、ルーシャスに手を取られた。

「何を言っている。このホテルが俺の家だ」

「えっ……」

ルーシャスは呆れたように言って、オクタヴィアの手を引いたままエントランスの中に入っていく。引っ張られて駆け足になりながら彼の後についていくと、紺色の制服を着たドアマンがルーシャスを見て深々と腰を折った。

「おかえりなさいませ、オーナー」

「ああ」

（……えっ……？）

ルーシャスは事もなげに頷いて応えているが、オクタヴィアは目が点である。

（い、今、「オーナー」と言った……？）

まさか、いくらルーシャスがお金持ちとはいえ、さすがにそれはないだろう。聞き間違いに違いない、と心の中で思ったオクタヴィアは、フロントに立つ従業員たちが、こぞって彼に一礼し、先ほどのドアマンと同じ挨拶をしたので仰天することとなった。

「おかえりなさいませ、オーナー」

「オ、オーナー……？　本当に？」

オクタヴィアが泡を吹かんばかりになっていることに気づいたのか、ルーシャスがようやくこちらを見て頷いた。

「あなたのお父上が大損をしたあの難破船で、ブルメンタール家も破産しかけていたらしい。叩き売りしていたから買い取ったんだ」

「た、叩き売りって……」

まるでリンゴかジャガイモでも買ったかのような口調で言われても、という話である。どう考えても一千万グラードはくだらない……、いや、一億グラードを超えていてもおかしくない買い物のはずだ。

「買ったはいいが、古いホテルだ。あちこちガタが来ていたものだから、改築や修繕にずいぶん金と手間暇がかかった。……まあ、とはいえ自分の屋敷を建てることを思えば、安いものだ」

（この規模のホテルの改築費用が安い……？　どんなお屋敷を建てるつもりだったの……？　お城……？）

あまりの金銭感覚の違いに気が遠くなりかけていると、ルーシャスは使用人たちにオクタヴィアを紹介した。

「彼女はオクタヴィア。俺の妻だ」

簡単すぎる紹介に、オクタヴィアはまた気が遠くなったが、使用人たちは慣れているのかまったく気にした様子はない。にこにこしながらオクタヴィアにも一礼すると、それぞれ自己紹介を始めた。

オクタヴィアは微笑みを浮かべ、一人ひとりに「オクタヴィアです。よろしくお願いしますね」と返したが、最後の一人との挨拶の途中で、ルーシャスはさっさと歩いていってしまう。

「お、お待ちください……！」

慌てて後を追いかけ、どうして挨拶の途中で先に行ってしまうのかと文句を言えば、ルーシャスは目を眇《すが》めた。

「従業員一人ひとりと自己紹介し合うつもりか？」

「それが礼儀でしょう？」

「あと二百人はいるが」

「……そ、そんなに!?」

想像以上の人数にギョッとすれば、ルーシャスは深いため息をつく。

「このホテルは三階から六階までは客室で、全部で百五十室ある。それだけではなく地下から二階までにはカジノやバー、レストランがあり、二階のダンスホールではパーティがしょっちゅう開かれている。人員は倍に増やしてもいいくらいだ」

早口で述べられた説明に、オクタヴィアは圧倒されてしまった。働いたことがないオクタヴィアには想像もつかないが、この巨大なホテルを運営するにはそれだけの人員が必要なのだろう。

「す、すごいのですね……」

なんと言えばいいのか分からず、そんな感想を述べる。ルーシャスは横目でちらりとこちらを見た後、「まあいい」とすぐに話を打ち切った。

「あなたは地下のカジノには出入りしないように。我々の居住スペースは最上階だ。直通のエレベーターはこっち」

言いながら、長い脚でつかつかとロビーの前を素通りし、奥へと進んでいく。その間にすれ違う従業員たちが、ルーシャスの姿を見てまた一様にお辞儀をして「おかえりなさいませ、オーナー」と挨拶をしてくる。ルーシャスはそれに頷いたり、片手を上げたりして応えている。その姿は堂々としていて、自分の縄張りを確認する獅子《しし》のようだ。

（……まるで、王様だわ）

　彼の素性を知らない人が見たら、きっとルーシャスを王だと思うだろう。貫禄だけではない、ただそこにいるだけで人の目を引きつける、圧倒的な魅力——そんなカリスマ性を備えているのだ。

「自室にはこれ以外からは行けない仕様になっているので、間違えないように」

　エレベーターの前まで来ると、ルーシャスはそう注意しながらボタンを押した。チン、というベルの音がして、ルーシャスが扉を開く。中は大人が三、四人入ればいっぱいになってしまうような狭さだ。躊躇《ちゅうちょ》なく箱の中に入るルーシャスに続き、恐々《こわごわ》足を踏み入れていると、クッと押し殺すような笑い声が聞こえた。

「……エレベーターは初めてだったか？」

　笑われたことに少しムッとしながら、オクタヴィアは「いいえ」と答える。

「一度だけですが、乗ったことがあります。万博で、だったけれど」

「ああ、水圧式のやつか。うちのはカウンターウエイト式だから、ロープで箱と錘《おもり》を繋いで上下させている。少々振動があるが、安全装置が付いているから事故が少ない。安心して乗っていろ」

　何をどう安心すればいいのかまったく分からない説明だったけれど、ルーシャスに言われるとなんとなく安心できてしまう。

（……この人が、自信満々だからかしら）

不思議に思いつつ、オクタヴィアは頷いて箱の中に入り込んだ。

ルーシャスは扉を閉めた後、左手でオクタヴィアの手を握ってきた。思わず顔を上げると、それに気づいたルーシャスが視線を逸らす。

自分の手を包み込む大きな手は、温かく、乾いていた。

（この人、手を繋ぐのが好きなのかしら……？）

先ほどホテルに入る時にも手を繋がれた。男女が寄り添って歩く場合、エスコートの体勢を取るのが一般的だが――オクタヴィアは悪くないと思っていた。彼の傍には礼儀作法にうるさい人もいないようだし、なにより彼と手を繋ぐのはとてもいい感じだ。

オクタヴィアはなんとなく、彼の手をぎゅっと握り返してみる。するとルーシャスがこちらを見たのでドキリとしたが、それを悟られるのがなんとなく癪《しゃく》に障《さわ》ったので知らんぷりを決め込んだ。

隣でルーシャスが何か言いかける気配がしたが、その前にエレベーターが音を立てて止まったのでやめたらしい。

「行くぞ」

一言だけ言うと、ルーシャスはエレベーターを降りた。手はまだ繋いだままだ。

それだけなのに、オクタヴィアはなんだか胸が沸き立っているのを感じていた。

「ここが我々の部屋だ」

エレベーターを降りてすぐ、正面に見えた扉を前にルーシャスが言った。片手で懐からスッと鍵を取り出すと、ドアノブの下の鍵穴に差し込んでクルリと回転させる。

「鍵は三本、俺が二本、ローランドが一本持っている」

「ローランド？」

「腹心だ。執事のようなことをさせている。後で紹介するが……」

言いながら扉を開いたルーシャスは、手にしていた鍵をオクタヴィアの手にポンとのせた。真鍮《しんちゅう》でできているのか、思ったよりもずっしりとしている。オクタヴィアは鍵とルーシャスを交互に見つめた。

「あの……？」

「一本は、あなたが持っていろ」

「え……」

「今日からあなたもここの主だ」

当然のように言って、ルーシャスは部屋の中へ先に入ってしまう。

「えっ、あっ……」

男性と一緒にいた場合、相手がドアを開いて待っていてくれるのが常であったオクタヴィアは、慌てて彼の後を追って部屋に入る。エスコートされないことに慣れていないせいで、まごついてばかりだ。

（ほ、本当に、外国の人と一緒にいるみたいだわ……！）

自分とルーシャスとでは、常識が違うのだと実感させられてしまう。

（――でも、これが私の夫の世界なのだもの。がんばって早く慣れなくては……）

それと同時に、ルーシャスにもオクタヴィアの世界の常識を学んでもらわなくては、と改めて思った。ただでさえ閉鎖的な貴族たちは、マナーを守らない平民など受け入れるはずがない。

「あの、ルーシャス……まあ！」

女性と一緒にいる場合、ドアは開けて待つのが礼儀だと苦言を呈そうとしたオクタヴィアは、それをすっかり忘れて感嘆の声を上げた。

その部屋が、あまりに豪華で洗練されていたからだ。

「なんて素敵なの……！」

入ってすぐに広いリビングになっており、マホガニーのテーブルとチェア、その隣には座り心地の良さそうな大きなソファが並んでいる。家具は淡いブルーを基調とし、金とベージュがアクセントになっていて、どれも一目で極上品だと分かる。天井は高く、こちらにも金とブルーで見事なアラベスク模様が描かれている。シャンデリアは天井の豪華さを引き立てるようなシンプルな形だが、そこに使われているガラス細工が、星の瞬きのようにきらきらと輝いている。

この部屋自体が、美術品のような美しさだった。

「まるで宮殿だわ……」

感動のあまり震える声で呟くと、ルーシャスは軽く肩を上げた。

「元は王の別荘だからな」

なんの感慨もなく言われ、オクタヴィアは呆れてしまう。

「こんなに素晴らしい部屋なのに、住んでいる人がそれを理解していないなんて、宝の持ち腐れだわ！」

憤慨したように文句を言うオクタヴィアを横目で見ながら、ルーシャスは思案するように少し首を傾けた。

「別にここにある物の価値を理解していないわけじゃない。だが所詮《しょせん》、物は物だ。毎日見ていれば三日で飽きる」

「み、三日ですって⁉」

驚いていいのか呆れていいのか、オクタヴィアが悲鳴のような声を上げると、ルーシャスはその会話に飽きたように肩を竦めた。

「まあ、あなたが気に入ったなら良かった。その左奥のドアが書斎、右奥が寝室だ。向こうにはバスルーム。シャワーの使い方はメイドに聞くといい」

「シャワー？　そんなものまであるのですか？」

オクタヴィアは目を丸くしてしまう。自動でお湯が出る設備が開発されたことは新聞で読んで知っていたが、実際に見たことも使ったこともない。だがお風呂好きなオクタヴィアは、一度使ってみたいと思っていたのだ。

目を輝かせているのが分かったのか、ルーシャスは片方の眉を上げた。

「最新の技術は、まず自分が使ってみることにしている。あなたも使ってみたいものがあれば俺に言えばいい。すぐに手に入れてやる」

「え……ええ……、と」

なんでもないことのように言われ、オクタヴィアはどう反応すればいいのか分からない。最新の技術、と簡単に言うが、要するにそれは制作や研究費に莫大な金額をつぎ込まれた製品というわけで、当然ながら値段はとんでもない額であるはずだ。

（金銭感覚も、私とは全然違うのね……）

自分も貴族なので裕福な生活をしてきたはずだが、ルーシャスはその比ではなさそうだ。しどろもどろに曖昧な相槌《あいづち》を打ったが、ルーシャスは気にする様子もなく、上着を脱いで無造作にソファへと放り投げた。

「あなたはミュラン語とヘレン語が堪能だったな」

唐突な質問に驚きつつも、オクタヴィアは頷いた。花嫁教育の一環として家庭教師《ガヴァネス》をつけてもらい歴史や数学なども学んだが、中でも語学は一番好きな科目だった。

「堪能というか……読み書きならある程度はできますわ」

「日常会話は？」

「それくらいなら……」

オクタヴィアの答えに、ルーシャスは満足げに頷いた。

「結構。このホテルはその二か国から賓客が来ることが多い。あなたの語学力に頼ること
もあると思うから準備をしておいてくれ」

「わ、分かりました」

「ああ、そうだ。優秀なメイドを選んであるからあとで紹介する」

「あ、ありがとう、ございます……」

オクタヴィアは礼を言いつつ、複雑な心境だった。

自分のためにしてくれていると分かるし、能力を評価されたようで少し嬉しい。――だ
が、ルーシャスの口調があまりに傲然《ごうぜん》としていて、命令されているような気がしてしまう
のだ。

（なんだか、私、彼の部下になったみたいだわ……）

ルーシャスはいくつもの会社を経営する実業家だ。その立場上、上から物を言うことに
慣れすぎているのかもしれないが、自分は彼の妻なのに、と思うと侘《わび》しい気持ちになる。

だがそれも仕方ないのかもしれない。ルーシャスはオクタヴィアの出自と社交術を利用するために、三百万グラードもの莫大な金で妻を買ったのだから。

（……お金で買われた妻だって分かっているけど、私はやっぱり……）

記憶の中の両親のように慈しみ合う夫婦になりたいと願うのは、間違っているだろうか。

そんなことを考えていると、不意にノックの音が聞こえてきた。

「――入れ」

ルーシャスが短く許可を出すと、ドアが開き、黒い執事服を着た男性が姿を現した。ベビーフェイスなのか、少年のような顔つきをしているのに、栗色の髪をポマードで固め、重たげな眼鏡をかけていて、なんだかちぐはぐだ。

男性はオクタヴィアへ目を向けると、にっこりと笑って頭を下げる。

「これがうちの執事だ」

ルーシャスの短すぎる紹介に「またか」と思いつつ頷いていると、男性が口を開いた。

「はじめまして。ようやくお会いできましたね、オクタヴィア様」

「は、はじめまして。……ええと……」

（ようやくお会いできた……？）

どういう意味だろう、と内心で首を捻っていると、ルーシャスが不機嫌そうに唸り声を上げた。

「黙ってろ、ローランド」

地を這《は》うような低い声があまりに恐ろしげで、オクタヴィアはゾッとして身震いしてしまったが、ローランドと呼ばれた男性は笑って肩を竦めただけだった。

「ローランド……？」

それが先ほどルーシャスが言っていた名前だと気づいて、オクタヴィアは眉を上げる。するとローランドがパッと顔を上げて、嬉しそうににこにことしながら頷いた。

「ええ、そうです。僕がローランドです、オクタヴィア様」

「お前、その口を縫いつけるぞ」

「おお怖い怖い。はいはい、分かりましたよ、ルーシャス様」

調子に乗るローランドを、ルーシャスがこめかみに青筋を立てて叱っている。その主従の様子に、オクタヴィアはびっくりした。

ノースクリフ侯爵家では――いや、ほとんどの貴族の家ではと言っていい。使用人が主に対してこのような気安い物言いや態度を取ることは絶対にない。主と使用人の間には越えられない壁があるのだ。

それなのに目の前の二人は、主従関係であるのは間違いないのに、まるで友人か家族のように親しげだ。

「あの、もしかして、お二人はご兄弟なのかしら……？」

今はあまりないが、少し昔には家督を継げない貴族の子弟が、その家の執事になるというのはよくある話だったらしい。だから彼らも兄弟なのかもしれないと思い、そう言ったのだが、二人はきょとんとした顔になった。

「無駄口ばかりのこいつが兄弟？　ばかを言うな」

「そうですよ、こんな偏屈で仕事中毒な人間が兄弟とか、冗談じゃないです」

揃って互いをけなし合う様子は、仲が良いとしか言いようがない。

「そうなのですね……。なんだか、主従を超えた関係のように見えて……」

婉曲《えんきょく》的な言い方をしたオクタヴィアに、ローランドは「ははあ」と訳知り顔で顎に手をやった。少し皮肉げな表情だった。

「僕がご主人様に対して無礼だって言いたいんでしょう？」

「あ……いえ、その」

図星をさされて、オクタヴィアはしどろもどろになる。こんなふうに直接的に指摘されるのも、それが使用人相手だというのも、オクタヴィアにとってはあり得ないことだった。

「でも残念ですが、ルーシャス様は別に僕のご主人様じゃないんですよね」

「え……」

先ほどルーシャスが彼を『執事』と紹介していたから、てっきり使用人だと思い込んでいたオクタヴィアは、訳が分からず目をパチパチとさせる。

混乱するオクタヴィアを見かねたのか、ルーシャスが説明した。

「……ローランドは執事だが、俺の腹心だ。いくつかの事業では共同経営者でもある」

「ま、まぁ、そうでしたか……」

オクタヴィアは事業のことはよく分からないが、共同経営者ということは、ルーシャスと同等の立場だということだろう。

（それなのに、執事？　どうして？）

説明されたが、彼らがどういう関係なのかはよく分からないままだ。

混乱したままのオクタヴィアに、ローランドがフフッと笑って言った。

「まあ、貴族社会の常識だと、主と使用人との間には明確な身分差があるんでしょうが、僕ら平民の世界じゃ、雇用者も従業員も対等ですよ。十分な給料をもらっているから仕事はしますが、だからって別にルーシャス様に隷属《れいぞく》してるわけじゃない。給料が高くなけりゃ、こんな厄介な人間の面倒なんて絶対見ませんって、正直」

「おい」

二人のやり取りがおかしくて、オクタヴィアは思わず小さく噴き出してしまう。主従なのに、こんな気の置けない会話ができるほど、互いに理解しているということだろう。

「なるほど、分かりました。おっしゃる通り、貴族社会とは少し違う関係性のようですね。なんだか不思議ですけど……でも、とても素敵だと思います」

貴族社会においては、使用人は家具と同じだとよく言われる。だから気に留める必要はないのだと。オクタヴィアもそう教育されてきたが、子どもの頃、それを奇妙だと思ったことを思い出していた。

オクタヴィアには乳母がいた。食事は乳母と一緒だったし、お風呂に入れてくれたのも、寝かしつけてくれたのも彼女だった。一緒に過ごす時間が一番長い彼女を、もう一人の母親のように思っていたのに、オクタヴィアが両親と同じテーブルについて食事をするようになった頃、乳母は唐突に『使用人』となった。乳母は他の使用人たちと同様にオクタヴィアにへりくだった態度になり、気安く話しかけてくることはなくなったし、抱き締められることもなくなった。それを酷く悲しいことだと、寂しいことだと、当時のオクタヴィアは感じた。そして「おかしいことだ」と憤慨して父に抗議したほどだったというのに。

(それなのに、どうしてその気持ちを忘れてしまっていたのかしら……)

あの時自分は、「乳母は使用人だから、我々とは立場が違う。仕方ないのだ」と説明する父に、「使用人だから、なんてどうでもいい。乳母は乳母だわ」と食って掛かった。

(そうよね。使用人だって、人間なのに)

どうして家具だなんて扱いを受けなくてはならないのか。乳母は優しく、温かい人間だ。乳母だけではなく、他の使用人だってそうだ。

だからオクタヴィアは、ルーシャスとローランドの関係を素敵だと思った。ルーシャスはローランドを家具ではなく、一人の人間として扱っている。それは素晴らしいことだと、心から思えたから。

「それに、お二人はやっぱり、仲が良いと思います」

半分は心から、そして半分はからかうつもりで付け足すと、ルーシャスとローランドが顔を見合わせた。

「仲良いんですってよ、僕ら」

「……どうでもいい。さっさとここに来た用件を言え」

不機嫌そうにルーシャスが命令すると、ローランドはハッとした表情になる。

「あっ、そうでした！　ルーシャス様にお客様がいらしてるんでした！」

その言葉に、ルーシャスが眉根を寄せた。

「客？　今日は予定になかったはずだ」

「ミスター・ハウゼンです」

「――チッ、仕方ないな」

どうやら重要な客だったようで、不承不承《ふしょうぶしょう》といったていながらも、ルーシャスは重い腰上げた。ソファに投げられた上着をローランドが取り、ルーシャスに着せているのを脇でぼうっと見つめていると、金色の瞳とかち合う。

ドキリとして顎を引いたオクタヴィアに、ルーシャスは淡々と告げた。

「着いて早々だが、少し出る」

「あ、ええ。もちろん、どうぞお仕事を優先してください」

わざわざ報告されるとは思わず、オクタヴィアは笑顔を作る。

彼が気にかけてくれたことが少し嬉しかった。

「夕食は一緒に。何かあればメイドを呼ぶように」

ルーシャスはそう言い置いて、ローランドと共に部屋を出ていった。

ドアが閉まるのを待って、オクタヴィアは盛大にため息をつく。

「ああ……疲れた……」

思えばとんでもない一日だった。

結婚登記所での簡素な結婚式、そして初めて見る自動車で攫《さら》われるようにしてこのナイツ・プライド・ホテルに連れてこられ、今日からここが家だと言われた。

「まるで物語みたいな展開だわ」

リアリティの少ない恋愛小説でも、ここまで慌ただしい展開ではないだろう。

いろんなことが一度に起こりすぎてすっかり疲労困憊《ひろうこんぱい》だ。少し休もうと寝室へ行くと、そこもまた非常に芸術的な造りになっていて、感嘆の声を上げた。

「なんて広い寝室なの……」

そしてベッドがとてつもなく大きい。夫婦用だから大きいのは当たり前だが、天蓋《てんがい》付きのキングサイズだから、とにかく見た目が豪華で迫力がある。未婚の令嬢だったオクタヴィアは子どもの頃から使っている一人用のベッドで眠っていて、こんなに大きなベッドを使うのは初めてだ。

ベッドの奥には壁一面に造りつけられたクローゼットが見える。なんとなくそこを開いて、またびっくりさせられることになった。

「な……なんて数のドレスなの」

クローゼットの中には、女性物の衣装がびっしりと詰まっていた。それも、最先端の流行のものばかりだ。ドレスに外套《がいとう》、ブーツに靴、帽子と、まるでブティックを一つ買い取ったかのようだ。王族でもこれほどの数は持っていないだろう。

「一級品ばかりだわ……」

恐る恐るドレスの生地に触れて、その滑《なめ》らかな触り心地にため息が出た。上質のタフタでなければ、この光沢は出ない。

「でも、誰の物なのかしら……」

オクタヴィアは首を捻った。ここはルーシャスの私室のようだから、彼の衣類がここにあるのは分かる。だがこれらは女性用だ。一瞬自分用なのかとも思ったが、それはないだろうと首を横に振る。

「採寸もしていないのに、どうして私の服が作れるの」

ルーシャスがオクタヴィアの服のサイズを知っているわけがないので、必然的にこれらは別の人の物だろう。

そこでオクタヴィアはハッとなる。

(まさか、ルーシャスの恋人の……？)

ルーシャスほどの男性に恋人がいなかったはずがない。「女たらし」と社交界でも有名だったくらいだ。そして、オクタヴィアとの結婚は社交界への人脈作りのためのもの。

(だから私と結婚しても、恋人との関係を続けるつもりと、そういうことなのかしら……)

つまりは愛人ということだが、そもそも彼がオクタヴィアとの結婚を形だけのものと認識しているなら、むしろ横槍《よこやり》を入れる存在はオクタヴィアの方である。

(そんな……どうしましょう……)

嫌な想像に、胸が塞がっていく。初恋の人ルーシャスは、自分の想像していた男性ではなかったけれど、それでも彼と良い夫婦関係を結んでいきたいと思っていた。だが愛人がいるとなれば、オクタヴィアの願いは叶いそうもない。

結婚初日から暗雲が立ち込める夫婦の未来に絶望しかけていると、ドアをノックする音が聞こえた。

「オクタヴィア様、失礼してもよろしいでしょうか」

女性の声がして、オクタヴィアはギクリと身を強張らせる。

（も、もしかして、愛人が……!?）

形だけの妻である自分に、挨拶という名の牽制でもしにきたのだろうか、と蒼褪《あおざ》めたが、居留守を使うわけにもいかない。とりあえず上辺だけでも妻の矜持《きょうじ》を保とうと姿勢を正してから、「どうぞ」と許可を出す。

戦々恐々としつつ、ドアが開かれていく様子を睨みつけていたが、現れたのは紺色のワンピースに白いエプロンをつけた、数名のメイドたちだった。

そういえば、先ほどルーシャスが、オクタヴィア用にメイドを選んだと言っていたことを思い出し、心の中で安堵の息を吐く。

メイドたちは全部で五人いて、オクタヴィアの前に横並びに整列すると、一斉に頭を下げ「はじめまして、オクタヴィア様」と口を揃えて挨拶した。

「本日よりオクタヴィア様のお世話を致します。私はマリアと申します」

「シルヴィアです」

「エラです」

「リリアナです」

「サローネです」

次々に自己紹介され、オクタヴィアは微笑みを浮かべて頷きを返した。

「ええと、こんなにたくさん……？」

実家ではオクタヴィア付きの侍女は一人だった。五人は多すぎる、と困惑していると、マリアが「はい」と頷いた。

「ここにいる五人は全て、オクタヴィア様の専属メイドにとオーナーが選出なさいましたが、レディーズメイドとなる一人はオクタヴィア様に選んでいただくようにとのことです」

レディーズメイドとは、女主人に仕える若いメイドのことだ。貴族の屋敷ではハウスキーパーに次ぐ地位の高いメイドである。つまりルーシャスは、この中から彼女らのリーダーになる者を選べと言っているようだ。

五人はキラキラした目でオクタヴィアを見つめている。期待の目だ。十中八九、レディーズメイドに選ばれれば給金も上がるのだろう。

「ええと……」

そんなことを言われても、とオクタヴィアは少し考え込む。

選べと言われても、彼女たちとは初対面だ。彼女たちの性格も働きぶりも分からないのに、選びようがない。

「あの、選ぶのはもう少し後でもいいかしら？」

オクタヴィアが言うと、メイドたちは意外そうな顔になった。

「後ですか？」

「だって私はあなたたちのことをよく知らないのだもの。しばらく一緒に過ごしていく中であなたたちのことが分かってくると思うから、そうね……一月《ひとつき》後くらいに選ぼうかと思うのだけど、どうかしら？」

オクタヴィアの説明に、メイドたちは驚いた顔になったものの、皆納得したのか「もちろんです」と頷いてくれた。

それにホッとしていると、メイドの一人――エラがはしゃいだ声で言った。

「ちゃんと私たちの仕事を見て判断してくださるなんて、嬉しいです！　さすが、オーナーの選んだお方ですね！」

妙な褒められ方だ。彼女はオクタヴィアを褒めているようで、ルーシャスを褒めている。反応に困るものの、「ありがとう」と伝えると、他のメイドたちも次々にルーシャスを褒め始める。

「オーナーも、ちゃんと使用人の働きぶりを見てくれていて、それでお給金を決めているんです」

「だから、うちでは不公平なんてないんですよ！」

「ちゃんと働けば、ちゃんとお給金で評価してもらえる。だからみんな、オーナーのことを信頼しているんです！」

「そうそう！　私みたいな小娘でも実家に仕送りができるのは、オーナーのおかげなんです！　私、ここで働けてすごく幸せです！」

　彼女たちの口ぶりに、オクタヴィアは内心驚いていた。ルーシャスが使用人たちから絶大な信頼を得ていることは明白だ。

（雇用者としての彼は、とても篤実《とくじつ》な人なのね……）

　ルーシャスがいかに素晴らしい雇用主なのかを熱弁するメイドたちを眺めながら、オクタヴィアは温かい気持ちになっていた。幻でしかなかった初恋の人ルーシャス・ウェイン・アシュフィールドの片鱗《へんりん》が、そこにあったからだ。

　花売りの子どもたちの件で、彼にはノブレスオブリージュの精神が備わっていないのだと苦い気持ちになっていたから、この発見はとても喜ばしいものだ。

（もう少しだけ、自分の初恋を信じてみてもいいのかもしれない……）

　彼に恋をした時、自分がルーシャスに見た、彼の美点。ぶっきらぼうだけれど、誠実で優しく、困っている人を見捨てることができない――そんな彼を、これから見つけられるかもしれない。

（そうよ。だって、まだ結婚したばかりだもの。これから、少しずつ分かり合っていけばいいのだわ）

　そう思った矢先に、目の端にクローゼットが映り、胸が痛んだ。

　ついため息をついてしまい、メイドたちが心配そうに声をかけてくる。

「オクタヴィア様、お疲れですか？」

「少し休まれますか？」

「そうだわ、部屋着になって寛《くつろ》がれては？　オーナーがオクタヴィア様のためにたくさん洋服をご用意されていましたから！」

その言葉に、オクタヴィアは顔を上げた。

「え……あの衣装は、ルーシャスの愛人の物ではないの？」

するとメイドたちは目を丸くした後、同時に「まさか！」と叫んだ。

「確かにオーナーは女たらしだし無神経なところがありますが、そこまでじゃないでしょう！」

叫んだリリアナに、なんだか乾いた笑みが漏《も》れてしまう。雇用主が女たらしで無神経であることは、周知の事実のようだ。

「これは全部オクタヴィア様の衣装ですよ！」

「オーナーがデザイナーを呼んで作らせていましたから、間違いありません！」

「で、でも、私のサイズを知らないのに、どうやって？」

オクタヴィアの問いに、メイドたちは考えるように首を傾げている。

「オクタヴィア様のお父様からお聞きになったのでは？」

「――ああ、なるほど……」

マリアに言われ、オクタヴィアは納得する。それはあり得るかもしれない。だが父が娘の服のサイズを覚えているとは思えないので、馴染みの仕立屋を教えたとか、使用人に伝えさせたとか、そういうことだろう。

ひとまず愛人疑惑は保留となったようだ。

ホッとしたオクタヴィアは、メイドたちが勧めるまま、クローゼットの中の膨大な衣装を見ることになったのだった。

＊＊＊

湯上がりの髪をサローネに拭《ふ》いてもらいながら、オクタヴィアは恍惚《こうこつ》のため息をついた。

「シャワーってすごいのね……」

オクタヴィアはつい先ほどシャワーを初体験したばかりだった。バスタブの上の壁に据え付けられたシャワーヘッドから、ジョウロのように温かい湯が降ってきて、それを頭から被る仕組みなのだが、これがとても気持ちが好《よ》いのだ。バスタブに溜《た》めたお湯の中で身体と髪を洗う、といった入浴法しか知らなかったから、流れ落ちる湯に身体を洗い流される爽快《そうかい》感に驚きと喜びを隠せなかった。

「バスタブのお湯に浸かるのも気持ちが好いけれど、シャワーはまた別格だわ。落ちてくる水に肌を打たれるのって、すごく心地が好いのね。ずっと温かいお湯が出続けるのも最高だったわ」

興奮気味にシャワーの素晴らしさを語っていると、サローネはうんうんと頷いてくれる。

「私も最初使った時は驚きました」

なんと従業員の宿舎にもシャワーブースがあるらしい。メイドたちが言うに、ルーシャスの名言の中に「働かせたくば、厚遇《こうぐう》せよ」というものがあるそうだ。要するに、好待遇こそが労働意欲に繋がる、ということらしい。それは真理だな、とオクタヴィアも思う。やはりルーシャスは経営者としてはかなり優秀なのだろう。

「さあ、御髪《おぐし》は仕上がりました。ナイトドレスはどうなさいます？」

サローネが言ったので、オクタヴィアは驚いて瞬きをした。

「ナイトドレス？　でもまだ夕食を食べていないわ」

まだ寝るには早いし、夕食のためにダイニングルームへ行かなくてはならないから、イヴニングドレスを出してほしいと言いたかったのだが、サローネには伝わらないようだ。

「ええ、夕食はシェフが腕によりをかけて用意してございます。これなんかいかがですか？　極上のシルクでできているので、肌触りがとても良いですよ」

ニコニコしながら、淡いピンク色のナイトドレスを広げてみせる。

「いえ、そうではなくて……レストランに行かなくてはならないでしょう？　ナイトドレスでは外に出られないわ。イヴニングドレスを出してちょうだい」

　ここはホテルなので、食事をする場所は普通の貴族の屋敷のようにダイニングルームではなくレストランなのだろうが、それこそ人目があるのだからナイトドレスなどとんでもない話だ。

　だがサローネはますます笑みを深めた。

「オクタヴィア様は、アシュフィールド夫人でいらっしゃるのです。レストランなどに行かなくてもよろしいのですわ」

「え……？」

　どういう意味なのか分からず首を捻ったが、結局そのままナイトドレスを着せられてしまった。下着もナイトドレスも身体にぴったりだったので、やはりこれは自分のために誂《あつら》えたものなのだと実感する。

(結婚が決まったのはついこの間なのに……こんな短期間でこれほどたくさんの衣装を用意してくれるなんて……)

　ただでさえ高級品なのに、仕立てを急がせたのだ。さぞかしお金がかかったことだろう。オクタヴィアは特段、高価な物を喜ぶ性質《たち》ではなかったが、ルーシャスが自分のために選んで用意してくれたことが、やはり嬉しかった。

　ナイトドレスはとても上質で素敵だったが、シルクの生地はとても薄い。その心許なさに耐えきれず、その上に薔薇《ばら》色のガウンを羽織らせてもらった。

　メイドたちは「せっかく美しいナイトドレス姿でしたのに」と不満げだったが、薄いシルクでは身体のラインが丸見えになってしまう。夫婦とはいえ、結婚してまだ一日も経っていないのだ。ほとんど他人の男性の前で、胸の形が露《あら》わな姿を晒すのは抵抗がある。

　腰の紐《ひも》をもう一度きゅっと締め直していると、「入るぞ」という低い声と共に、ルーシャスが顔を覗《のぞ》かせた。

「支度は済んだか」

　どうやらオクタヴィアが入浴している間に戻ってきていて、支度が終わるのを待ってくれていたようだ。

「お待たせしていたのですね、すみません」

　慌てて立ち上がると、ルーシャスはまじまじとオクタヴィアの姿を見て目を細める。

「ああ、そのガウンを選んだのか」

「あ……あの、たくさんのドレスやアクセサリーを、ありがとうございます」

　彼に会ったら、まずはお礼を言わなくてはと思っていたのだ。

　だがルーシャスは片手をサッと振った。

「礼など必要ない。あなたは俺の妻だから、当然のことをしているだけだ」

「でも、あんなにたくさん……」

オクタヴィアがなおも言い募ると、今度は面倒くさそうに鼻に皺を寄せる。

「気にするなと言っただろう。俺はホテルの経営以外にも、銀行業や貿易と幅広く事業を行っている。その繋がりで物を買う必要もあるんだ。その中に気に入った物がなければ、服屋を呼ぶから用意させればいい」

「じゅ、十分です！　これだけあれば！　あなたが選んでくださったものは、全部とても素敵ですもの！」

慌てて首を横に振ると、ルーシャスはようやく表情を和《やわ》らげた。

「そうか。あなたが身に着けたところを想像して選んだんだ」

何気なく言われたその台詞に、オクタヴィアは驚いてしまう。

(彼が選んだの……？　本当に？)

てっきり誰かに選ばせたのだとばかり思っていた。これだけの数のドレスやアクセサリーだ。選ぶだけでも相当時間がかかる。先ほど『時間を無駄にした』とオクタヴィアに文句を言っていた人の発言とは思えず、目が点になってしまった。

オクタヴィアの驚きをよそに、ルーシャスは「さあ、食事にしよう。腹ペコだ」と言って、テーブルの上に置かれていたベルを鳴らす。するとノックと共に使用人たちがゾロゾロと部屋に入ってきた。

(な、何事……？)

呆気に取られていると、良い香りが鼻腔を擽《くすぐ》った。よく見れば、使用人たちの手には料理ののったトレーがあり、それらが次々にテーブルの上に並べられていく。

肉料理、魚料理、色とりどりの野菜を飾った前菜に、数種類のパン。黄色いスープはポタージュだろうか。奥の方にはクリームと苺《いちご》ののったケーキもある。あっという間にテーブルの上は湯気《ゆげ》を立てた美味しそうな料理で埋まり、まるでビュッフェのようだった。

「あ、あの……これは……」

リビングルームに料理が並べられている状況に狼狽《うろた》えていると、ルーシャスは不思議そうに首を傾げた。

「どうした、座れ」

「……ここで食事をするのですか？」

「見れば分かるだろう」

当たり前のように返されて、オクタヴィアはおずおずと訊ねる。

「あの、レストランに行くのでは？」

「レストランは客に食わせる場所だろう？　俺たちは客じゃない。食事くらいリラックスしてとりたい」

そう言って上着を脱ぐと、シャツの首元のボタンを数個外し、どかりとソファに腰かける。粗野な仕草なのに、この男がやると妙に格好良く見えるから不思議だ。

「あなたも座れ」

ソファで食事をとるなどしたことがないオクタヴィアは戸惑ったが、言う通りにルーシャスの隣に腰かける。ソファは程よく柔らかく、座り心地が良かった。

オクタヴィアが素直に座ったのを見て、ルーシャスは満足げに頷き、使用人たちに手を振って合図をする。

すると二人の目の前にスープが給仕され、その美味しそうな匂いにオクタヴィアのお腹が鳴った。

「……っ」

慌ててお腹を手で押さえたが、その音はしっかりルーシャスの耳にも届いていたらしい。クッと笑う声がした。

笑うなんて、とオクタヴィアは顔を真っ赤にして睨みつけたが、ルーシャスの笑顔が想像していたような意地悪い顔ではなく、酷く優しい表情だったので息を呑む。

「ほら」

ルーシャスは長い腕を伸ばしてテーブルの上からパンを取ると、オクタヴィアに差し出した。

「食べろ」

ルーシャスが持つパンからは、香ばしい匂いがする。おずおずと受け取ると、掌《てのひら》にじん

わりと温かさが伝わった。焼き立てのようだ。ちぎって食べなくてはとパンを指で摘まんだオクタヴィアの横で、自分用にもう一つ摑んだルーシャスがクワッと大口を開けたかと思うと、ガブリとそのまま嚙《かぶ》り付いた。パリパリ、とパンの表面が嚙み砕かれる小気味の良い音がする。

（わ……）

まるで肉食獣の食事のようだ。大きな一口で、掌ほどの大きさのパンの半分くらいなくなってしまった。ルーシャスは数回咀嚼《そしゃく》した後、ゴクリと喉を動かして口の中のものを呑み込み、またクワッと口を開けて残りのパンを放り込む。

粗野な食べ方のはずなのに妙に爽快感があって、オクタヴィアは食い入るように見つめてしまった。

すると視線に気づいたルーシャスが、またゴクリと食べ物を嚥下《えんか》してから言った。

「どうした。食べろ」

「あ、は、はい」

促されて、オクタヴィアは慌てて居住まいを正す。そして手に持っているパンを見て、思い切ってガブリと嚙り付いてみた。パリ、と音がして、バターと小麦粉の香ばしい匂いが鼻腔いっぱいに広がる。程よい塩気と弾力のある嚙み応えに、思わず目を閉じてしまった。美味しい。

「美味いだろ？」

「はひ」

問われて反射的に答えてしまい、口の中にものが入っていたので変な返事になったけれど、ルーシャスは指摘しなかった。その代わり、得意げに顎を反らした。

「そうだろう。うちの料理人は腕がいいんだ。このローストビーフも美味いぞ。食べろ」

料理人を褒めながら、いそいそとローストビーフの皿を引き寄せてオクタヴィアの前に置く。

前菜もスープもすっ飛ばして肉料理を勧められたけれど、オクタヴィアはもう気にならなかった。勧められるままにローストビーフを食べ、その美味しさに目を輝かせる。肉は柔らかく、口の中で蕩《とろ》けるようだ。添えられたグレービーソースには、何か果汁が入っているのか、爽やかな香りと酸味がとても良いアクセントになっている。

「美味しいです」

「そうだろう。これも食べろ」

自慢の料理人の作品を美味しいと言われたのが嬉しかったのか、ルーシャスは次から次へとオクタヴィアに料理を食べさせていく。

これまで礼儀作法に則《のっと》り、順序正しい食事しかしてこなかったオクタヴィアは、食べたいものを食べたいように食べる食事の仕方に、妙に気分が高揚《こうよう》してしまっていた。

美味しかったし、楽しかった。

「ワインも飲め。この年のミニョンカオンの赤は絶品だ」

ルーシャスがワインを勧めてきたので、オクタヴィアは驚いて首を横に振った。

「婦女子はワインを水で薄めていただかないといけないのです」

それが決まりだと教えられたからそう言ったのだが、ルーシャスは呆れたように目を見開いた。

「ワインを薄める？　冗談だろう。なぜわざわざ美味いものを不味《まず》くして飲む必要があるんだ？」

「……ワインは薄めると不味くなるんですか？」

実はオクタヴィアは、一度薄めていないワインを飲んでみたいと思っていたのだ。なぜ男性だけがそのまま飲めて、女性は薄めないといけないのか、誰もちゃんとした理由を教えてくれなかった。

（だめだと言われるとやってみたくなってしまうのは、いけないことだけど……）

これまでの自分の常識は、今日だけでルーシャスにたくさん覆されてしまった。

だからなんとなく大胆な気分になってしまっていたのだろう。

オクタヴィアの質問に、ルーシャスはしかめっ面で頷いた。

「ああ、不味くなる。本物のワインの味を楽しんでみろ」

そう言って赤く美しい酒がなみなみと注がれたワイングラスを手渡してくる。

オクタヴィアはルーシャスの目を見つめながら、自分が人生の新しい一歩を踏み出そうとしていることに、なんとなく気づいていた。

（……私は、多分、これから変わるんだわ）

ルーシャスという夫を得たことで、自分を取り巻く世界が変わり、自分自身も変えられて、変わっていくのだ。

「我々の結婚に」

ルーシャスが低い声で囁いて、グラスを掲げる。金色の瞳に甘い光がとろりと混じる。

それを美しいと思いながら、オクタヴィアも囁いた。

「私たちの結婚に」

カチリ、と音を立ててグラスが合わさる。

初めて飲んだ薄めない本物のワインの味は、とても濃厚で、芳醇《ほうじゅん》な味わいだった。

＊＊＊

淡い光に瞼の向こう側を刺激されて、オクタヴィアは緩やかに意識を浮上させた。

（……朝？）

メイドが寝室のカーテンを開けたのだろうか。あまり寝起きの良い方ではないオクタヴィアは、声をかけられても目覚めないことがしばしばある。そんな時メイドたちはカーテンを開けることで起床を促すのだ。

(……起きなくちゃ……)

そう思うのに、身体は重く、上手く動いてくれない。起床時にはよくある現象だ。仕方なくオクタヴィアは動く部分だけ動かすことにする。もぞり、と首を動かすと、温かく滑らかな感触に笑みが漏れた。

「……気持ち好い……」

うっとりと呟いて頬を擦りつけると、自分の下で何かが動いた。ベッドが大きく揺れて、意識が一気に覚醒《かくせい》する。

「――え?」

バチリと目を開いて頭を上げると、視界に飛び込んできたのは恐ろしく整った男性の美貌だった。

ルーシャス・ウェイン・アシュフィールドが、オクタヴィアを抱え込むようにしてベッドに横たわっている。先ほど気持ち好いと頬ずりしたのは、彼の胸だったらしい。

仰天して悲鳴を上げそうになったが、寝起きで喉が塞がっていたのか、呻き声のようなものしか出てこなかった。

「あ……！　え……!?」

「起きたか。ずいぶん待たされた」

気だるげな口調が、妙に色っぽい。

「ル、ルーシャス……！」

名を呼んで、昨日のことを思い出した。

（そ、そうだったわ。私、昨日、この人と結婚したのだった……）

昨日一日でいろんなことが起きて疲労困憊のところに、美味しい夕食を行儀悪く食べて、生まれて初めて薄めないワインを飲んだところまで思い出したが、その後の記憶がない。きっと初めての濃いワインに酔っぱらってしまったのだ。

「わ、私……？　あっ……あなた、裸……？」

ルーシャスはどうやら上半身裸のようで、オクタヴィアはその上に半分身体をのせるようにくっついて眠っていたらしい。彼の素肌に直《じか》に触れていることに動揺して、おろおろと視線を彷徨《さまよ》わせていると、淡々とした低い声が聞こえた。

「俺は眠る時、何も着ない。覚えておけ」

「えっ……」

そんなことを覚えておけと言われても、と半ばパニックを起こしかけていると、「よっ」という掛け声と共に、ころりと身体を転がされた。ベッドの上で仰向けになったオクタヴィアは、自分を跨《また》ぐようにしてルーシャスが伸し掛かってきたので、またもや仰天する。頭の中はもう真っ白だ。

「えっ？　えっ……？」

乱れた黒髪を掻き上げながら、ルーシャスがオクタヴィアの様子を呆れたように見下ろした。

「え、じゃないだろう。初夜に花嫁に寝こけられるとは思わなかったが……まあいい」

大きな手が伸びてきて、オクタヴィアの細い顎を指先でさらりと撫《な》でる。そのまま ぐいと摑まれたかと思うと、野性的な美貌が目の前に迫って、すぐさま唇が塞がれた。

「――ん、うぅ！」

キスは初めてだった。もちろん手や頬にされたことはあるが、唇と唇を合わせる行為はこれまで誰ともしたことがなかった。恋愛小説の中で、ヒロインとヒーローが恋人のキスをするシーンを読んだことはあったが、それは「情熱的な」とか「素敵な」という描写をされるだけで具体的なことは何も書かれていないから、キスがどういうものなのかまったく知らなかった。

(キ、キスって、こういうものなの!?)

オクタヴィアは初体験をしながら、心の中で盛大に叫んでいた。

なにしろ、自分の口の中にルーシャスの舌が入り込んできていたからだ。それだけではなく、ルーシャスは逃げ惑うオクタヴィアの舌を執拗《しつよう》に追いかけ、絡みつかせ、擦り合わせている。それがとても苦しかった。口を塞がれているから息ができない上、他人の舌が自分の口の中で蠢《うごめ》いているのだ。どうしていいのかまったく分からないし、普段しない動かし方をするせいで、舌も顎も疲れてきた。

当たり前だが口内には唾液があるため、舌を動かされる度に粘着質な水音が立つ。これがまた何故だか恥ずかしくて堪らない。

早く終わってとひたすら祈っているのに、ルーシャスは一向にやめようとしない。その内にいよいよ息が苦しくなってきて、オクタヴィアは堪らずルーシャスの肩をバシバシと叩いて訴えた。

（このままじゃ死んじゃうわ！）

「――ぷはっ！」

ようやく唇を離してもらえた時には、呼吸困難で意識が飛ぶ寸前だった。ぜーはーと荒い息を繰り返していると、ルーシャスは目を丸くしていた。

「……キスをしている時は、鼻で息をするんだ」

「は、はぁ、はぁ、鼻、で……」

淡々と指導され、オクタヴィアは半眼になりながら頷いた。殺されかけたような気がするけれど、やはりこれはキスだったらしい。

「そう、鼻で」

ルーシャスは短く繰り返した後、また顔を傾けて唇を寄せてきた。

(ま、またするの……?)

オクタヴィアは半泣きになりながらも、彼の唇を受け止める。今度は慎重に鼻から呼吸することを心がけてみると、なるほど、苦しくはならなかった。どうやらルーシャスも気をつけているようで、時折唇を離して呼吸の間を作ってくれている。

(これなら、死なずに済みそう……)

ホッとすると少し余裕ができてきて、ルーシャスの舌の動きに合わせて自分も動かせるようになってくる。

(……あ、キスって気持ちが好いかもしれない……)

粘膜と粘膜を擦り合わせていると、時折ぞくりとした快感が首筋を走り抜けた。すると身体がじわじわと熱くなってきて、頭がぼうっとしてくる。自分のお腹の奥から、もっとしたい、という欲求が込み上げてくるのが分かった。

ルーシャスとのキスに夢中になっていると、鎖骨をスッと撫でられる。ルーシャスの指の感触が心地好くて、うっとりと身を任せるように力を抜いた。彼が自分に触れていることが、とても嬉しいと感じた。

ルーシャスの指は薄いシルクのナイトドレスの縁をなぞり、その下の柔肌へと潜り込む。そこで初めて、オクタヴィアは自分がガウンを着ていないことに気づいた。おそらく、ベッドに入る前に自分で脱いだか、ルーシャスが脱がせてくれたのだろう。

　自分が、あの身体の線が露わになるナイトドレス一枚でルーシャスの前に横たわっている事実に少なからず狼狽したが、今更だ。

(夫婦なんだもの……それくらい当たり前だわ)

　そう思って、ふと気づく。初夜を完遂させる気があるということは、ルーシャスは本当の夫婦になるつもりがあるのだろう。愛人がいるのではと疑惑を抱いた時、形だけの夫婦になるのだろうかと不安になったけれど、杞憂《きゆう》だったようだ。

(……嬉しい)

　オクタヴィアは素直にそう感じた。ルーシャスと自分との間には、平民と貴族であるせいか、大きな価値観の違いや習慣の違いがあると分かったけれど、それでも彼と寄り添って生きていけるようになりたい。

　そんな気持ちが高まったせいか、オクタヴィアは少し大胆な気持ちになった。もっと彼の近くに行きたくて、腕を伸ばして彼の背中へ回す。ルーシャスの背中は大きく、厚く、がっしりとしていた。自分との身体の違いをまざまざと感じて、何故だか下腹部が熱くなる。

　オクタヴィアの動きに、ルーシャスは一瞬目を見開いたが、愛撫は止まらなかった。唇へのキスが顎へと移り、喉元を伝って鎖骨に下りる。

「このドレスの色、悪くないな」

ルーシャスが淡いピンク色のドレスの紐を解きながら呟く。オクタヴィアはドキドキと鼓動が速くなるのを感じながら、彼の指先を見つめた。ナイトドレスの下には、透けたレースの肌着しか着ていない。そんな姿を異性に見られるのはやはり緊張したし、恥ずかしかった。

ルーシャスはまるで魔法のようにあっという間にドレスを脱がせてしまうと、下着姿のオクタヴィアをしげしげと眺め下ろす。

女性の服装からコルセットがなくなったことで、アンダーウェアもずいぶんと変化した。コルセットを身に着けることを前提としたシュミーズやペチコートなどのもさもさとした下着は、今ではほとんど使われなくなった。代わりに普及したのは、ブラジャーとパンティと呼ばれる上下の分かれた下着だ。これらは少ない面積で乳房の形を補正でき、身体の可動域を制限しない上、頑丈で、大きく動いても破れたりしないことから、あっという間に貴族の間で主流となった。

しかしながら今オクタヴィアの身に着けている下着は、補正もできないし頑丈とは言いがたい。繊細なシルクのレースでできており、身体に纏《まと》わりついているだけの装飾品のような代物だ。

いわゆる『初夜の花嫁のための下着』である。

「あ、あの……あまり、見ないで……」

ルーシャスがあまりにもじっくりと眺めるので、オクタヴィアは居た堪れなくなり、蚊《か》の鳴くような声で呟いた。

だがルーシャスの耳には届かなかったようで、彼は無言で残った下着に手をかける。

「あ……」

ルーシャスの力が強すぎたのか、下着は脱がされる前にビィッと憐れな音を立てて破かれてしまった。きっと高級品だったろうに、と眉を下げていると、ルーシャスがチッと舌打ちをする。

「脆《もろ》い。不良品だな」

不良品ではないはずだ。多分。

(あなたの力が強すぎるのだと思います……)

オクタヴィアは心の中で言ったが、口には出さなかった。こちらを見下ろすルーシャスの目が妙にギラギラとしていて、下手に刺激してはいけない気がしたからだ。

ルーシャスは苛立ったように残った下着も剥ぎ取ると、裸になったオクタヴィアを凝視したまま、フーッと深く息を吐いた。その様子が獣じみていて、オクタヴィアはなんだか怖くなってくる。獲物を狙うライオンを前にしたウサギは、こんな気分なのかもしれない。

息を詰めて相手の出方を見守っていると、ルーシャスはくしゃりと自分の髪を掻き上げた後、地を這うような低い声で言った。

「……悪いが、加減できそうにない」

自分よりも一回りは大きい男性からそんな恐ろしい宣言をされて、慄《おのの》かない女性がいるだろうか。いや、男性だって怯えるに違いない。

蒼褪《あおざ》めるオクタヴィアをよそに、ルーシャスは身を屈めてキスをしてきた。

「……っ、ん、んんっ」

そのキスは先ほどよりも荒々しく、受け止めるオクタヴィアは動きについていくのが精一杯だ。それなのにルーシャスの手に乳房を鷲摑《わしづか》みにされて、ビクリと身体を揺らす。

ルーシャスの手は熱かった。男性は女性よりも体温が高いと聞いたことがあるけれど、本当だったのか、と頭のどこかでそんな感想を浮かべる。パン生地でも捏《こ》ねるようにぐにぐにと乳房の肉を揉《も》まれ、眉間に皺が寄った。

「……痛いか」

「い、痛くは、ないです……」

今しがた加減できないと言ったくせに、それでも気を遣ってくれているのか、揉まれても痛くはない。だが妙な心地だった。

ルーシャスの手は大きくゴツゴツしていて、硬いところのない自分の乳房の肉との対比

がすごい。彼に触れられているだけで、自分と彼との身体の違いをまざまざと見せつけられている気がしてくる。

（……この人は男性で、私は女性なんだわ……）

当たり前のようで、分かっていなかったのかもしれない。

ルーシャスの指が乳房の表面を滑《すべ》り、その頂にある薄赤い突起に触れる。

「……っ」

オクタヴィアは小さく息を呑んだ。

そこが敏感な場所だということは知っていた。下着に擦れた時に痛みを感じたりしたからだ。だが今のは痛みではなく、疼《うず》きに似た快感だった。

オクタヴィアの反応に、ルーシャスは、「ここが好きか」と独り言のように呟くと、その尖《とが》りを指で執拗に弄《いじ》り始めた。

「あっ……？」

何度も擦られ、柔らかかった胸の先が芯《しん》を持って立ち上がる。するとルーシャスはそれを指で抓《つま》んで転がしながら、もう片方の胸にキスを落とした。

「ひ、あぁっ」

ただでさえ敏感になっているところを温かく濡れた感触に覆われて、オクタヴィアは小さく悲鳴を上げた。ルーシャスはその反応を楽しむかのように、愛撫を重ねていく。立ち上がった尖りを舐《ねぶ》られ、強く吸い上げられて、強い快感が身体の芯に小さな稲光《いなびかり》のように走った。

「あっ、や、やぁっ、だめです……！」

もたらされる快感に、急に怖くなる。自分が自分でなくなりそうだった。

身体が熱くて、どこか奥の方が疼いていた。ルーシャスに触れられている場所から、熱が身体中を駆け巡っているのが分かる。寝転がっているだけなのに呼吸が荒くなって、肌がじわりと汗ばみ始めた。

初めての快感に戸惑うオクタヴィアに、ルーシャスは無慈悲だった。胸を弄っていた手を脇腹へと移動させ、細い肋骨を一本一本数えるようになぞったかと思うと、柔らかな腹部に触れた。平らな腹の皮膚の滑らかさを堪能するように掌を使って大きく撫でる。

オクタヴィアは目が回りそうだった。

閨《ねや》の知識はないわけではない。オクタヴィアとて二十歳の女性だ。そういうことに興味があって当然の年齢で、貴族令嬢たちが集まるお茶会に呼ばれれば、はしたない話題になったりもするからだ。中には婚約者がいて、既に経験を済ませてしまっているという令嬢もいて、皆その話を興味津々に聞いたものだ。

だが聞くと体験するとでは、行って帰ってくるほどの違いがある。

（夫に触れられることが、こんなにも……気持ちが好いなんて……！）

ルーシャスの手が触れた場所の皮膚が、熱くなっているのが分かる。その部分の細胞の感覚が鋭敏になっていて、もっと触れて、と彼の愛撫を欲しがっているのだ。

自分の身体がはしたなくなってしまったのでは、と不安になる。そのくせ、ルーシャスにもっと触れてほしいと思っているのだ。

「ルー、シャス……」

ゴツゴツした手が内腿にかかった。オクタヴィアは目を開けてそちらを見る。自分の脚に彼の指が埋まっている光景が、妙に恥ずかしく、ドキドキした。

名を呼んでもルーシャスは何も答えない。無言のままオクタヴィアの脚を割り開いた。

(――ああ……!)

オクタヴィアは呼吸を止める。どうしよう、どうしよう、と意味もなくその言葉ばかりが頭の中を駆け巡った。自分の脚の間を、ルーシャスが見ている。自分でも見ることのない場所を彼の目に晒していることが、どうしようもなく不安だった。

ルーシャスの金色の瞳が炯々と光って見えた。彼はそこを見つめたままピクリとも動かない。どうしよう、とまた思うが、いくら呪文のように頭の中で唱えても、魔法は起こらない。ルーシャスは動かないし、オクタヴィアも動けなかった。

もういっそ気を失ってしまいたい、と思った時、ルーシャスがゆっくりと頭を下げた。

「え……」

何をするつもりだろう、とその様子を見ていたオクタヴィアは、次の瞬間目を見開いた。

なんとルーシャスが、自分の脚の間に顔を埋めたのだ。

「や……！　やだ、やめてくださ、ぁあっ」

あらぬ場所に濡れた感触がして、頭が真っ白になる。考えたくはないが、ルーシャスがそこに口づけているということだろうか。

（なぜ⁉　どうして⁉）

そんなところにキスをするなんて話は誰にも聞いたことがない。婚約者と経験済みだというあの令嬢も、そんなことは言っていなかった。

「だ、だめです！　そんなところ、汚いですからっ……！」

オクタヴィアは混乱しつつも、ルーシャスを止めるために脚をバタバタさせる。なにしろ排泄《はいせつ》する場所だ。そんなところに口をつけて良いわけがない。

だがルーシャスはにべもなかった。

「大人しくしてろ」

一言そう言うと、オクタヴィアが暴れないように両腕で脚を抱え込むようにして、再び股座《またぐら》に顔を埋める。

「そんな――ひ、ぁ、ま、待って、ああっ」

なおも止めようとしたけれど、強烈な快感にそれどころではなくなった。ルーシャスの舌が蜜口の上にある肉粒を突《つつ》いている。尖らせた舌で包皮の上から捏ね回され、矢のような快楽に頭の中を直撃された。これまでの愛撫の快感が温かい蜜だとしたら、今の快感は熱した油だ。痛いほどの刺激に、目の前にパチパチと火花が飛んだ。

「あっ、ああっ」

ルーシャスは肉粒を嬲《なぶ》り続ける傍ら、蜜口の中に指を埋め込んだ。腹の中を彼の指が蠢いている感覚を奇妙だと思うのに、奥の方が熱く潤《うる》んでくる。

「う、ぁ……」

ルーシャスの頭を押し退けようとした手は、彼の髪を掻き回すだけだ。

「濡れてきたな」

吸われて腫《は》れ上がった陰核から口を離したルーシャスが呟き、蜜筒の中を掻き回すようにぐるりと指を動かした。中の襞を擦られる感覚に、下腹部がじくじくと疼く。じゅぷり、と粘着質な水音がして、もう一本指が差し入れられた。

「あっ……」

圧迫感に目を見開く。オクタヴィアの漏らした声に気づいたのか、ルーシャスがこちらを見て、目と目が合った。

「痛いか」

問われて、小さく首を振った。違和感はあったが、痛みはない。

するとルーシャスは「そうか」と頷き、指の動きを再開した。

「っ、は、ああっ」

節《ふし》だった男の指が、自分の内側で暴れている。粘膜を捏ねくり回し、押したり、引いたりされると、妙な切なさが込み上げてくる。足りない何かを探しているような、不可思議な感覚だった。

「――これくらいか」

ルーシャスが言って、散々弄っていた隘路《あいろ》から指を引き抜いた。

ようやく終わったのかとホッとしてそちらを見たオクタヴィアは、ルーシャスの手がぬらぬらと濡れているのを見て、カッと顔に血が上った。彼の手を濡らしているのが自分の中から出たものだと察したからだ。

「ご、ごめんなさい。私、手を、汚して……」

恥ずかしさに消えたくなりながら、視線を彷徨わせる。何か拭《ぬぐ》う物が欲しかったのだ。

するとルーシャスが短く否定した。

「汚くなどない」

言うなり、濡れた自分の手をベロリと舐《な》め上げた。

「っ……！」

あまりの行為に、オクタヴィアは声を失って彼を凝視する。

その様子がおかしかったのか、ルーシャスはクックッと喉を鳴らしながら、小さく首を傾げた。

「今まであなたのそこを舐めていたんだぞ？」

今更何を驚くんだ、と言って、ルーシャスは夜着の脚衣の前を寛げた。

「それに、あなたにもそのうち同じことをしてもらうからな」

彼のその台詞は、オクタヴィアの耳には入って来なかった。

シルクの脚衣から飛び出したものが、あまりに凶悪な見た目だったからだ。

（な、何!?　これは何!?）

長く太い茸《きのこ》のようなものが、ルーシャスの股座から生えている。張り出した傘が猛々《たけだけ》しい形は、本当に茸そのものだ。だが茸ではない。それが分かるのは、色が赤黒い肉の色であることと、茎の部分に恐ろしげな太い血管が浮いているからだ。

「そ、それは……」

オクタヴィアの震える声に、ルーシャスはまたもや応えなかった。その代わり、彼女の後ろの方に手を伸ばしてクッションを取ると、オクタヴィアの頭の下と腰の下に差し込んでくる。

「この方が楽だろう」

満足げに言って、オクタヴィアの膝を割って自分がそこに陣取った。

てられる。

「いくぞ」

（ええっ!?）

いくぞと言われても、と驚くオクタヴィアをよそに、蜜口にヒタリと熱いものが押し当
（ま、まさか、あれをここに……？）

男女の性器が、おしべとめしべにたとえられることは知っている。男性のおしべを、女性のめしべに嵌め込むのだと、淑女教育の教科書にも書いてあった。

つまり、先ほど垣間見た凶悪な茸が、ルーシャスのおしべだということだ。

そう現状の解説はできても、心の準備はできていない。

（あんな大きなもの、入るわけがないわ……）

恐ろしさに慄いたオクタヴィアは、ルーシャスの腕を掴み、首を横に振りながら訴えた。

「ル、ルーシャス、私……」

恐怖で涙まで込み上げて、視界が潤む。

その表情を見たルーシャスは、一瞬目を見開いた後、忌々しげに舌打ちした。

（し、舌打ち!?）

怖い上に舌打ちまでされて、オクタヴィアは更に蒼褪める。だが確か、男の人は性行為の時に中断されるのを嫌がるという話を聞いたことがあった。

『男性は興奮が高まると、コトを終えるまで収めるのは難しいらしいの。だから、下手に興奮させてはダメよ。男は獣《けだもの》なんだから』

経験済みの令嬢が、訳知り顔でそう言っていた。

ルーシャスも、中断しようとしたオクタヴィアに腹を立てたのだろうか。

（ど、どうしましょう……！）

「──煽《あお》るなんて、いい度胸だ」

面白がるような声で言われて、オクタヴィアは困惑した。

煽った覚えなどない。だが怒っているわけではないのかもしれない。

「あ、あの、……怒って……？」

「もう黙れ」

訊ねようとした唇は、短い命令と共にルーシャスに塞がれた。そのまま舌を差し込まれ、慌てて応えようとしていると、ルーシャスがグッと腰を押し付けてきた。

「んうっ!?」

蜜口に押し当てられていた熱杭が、小さな女孔を押し広げるようにして侵入してくる。

あり得ない質量に、オクタヴィアは息を止める。これは無理だ。どう考えても無理だ。

だがルーシャスはゆるゆると腰を前後することで、なんとか中を侵そうとしてくる。先ほどまでの愛撫によって溢《あふ》れ出ていた蜜液のおかげか、あの凶悪な肉茸が少しずつ、確実に侵入してくるのが分かった。

(く、くるしい……！)

キスで口を塞がれたまま、オクタヴィアは泣きそうになっていた。

入口の粘膜がギチギチと音を立てそうだ。

(早く……早く、終わって……！)

祈るようにして堪えていると、不意に唇を離したルーシャスが囁いた。

「ヴィア……」

オクタヴィアはパチリと目を開いた。苦しさにいつの間にか目を閉じていたらしい。

(……初めて、名を呼んでくれた……)

それも、愛称で。

ルーシャスはオクタヴィアのことをずっと「あなた」と呼んでいたから、心の裡で残念だと思う瞬間があった。だがあえて考えないようにしていた。名前で呼んでくれと頼んで、断られたらショックだからだ。物事は明確にしてしまわない方がいい時もある。

(でも、ヴィアと呼んでくれた……)

たったそれだけのことが、どうしてこんなにも嬉しいのだろう。

不安だった心がじわりと温かいもので潤んで、オクタヴィアは腕を伸ばしてルーシャスの背中に回した。

「ルーシャス」

お返しと思って名前を呼び返すと、ルーシャスの金の目の中の黒い瞳孔が、キュッと窄まった。それが本物の獣の目のように見えて、オクタヴィアはヒュッと息を呑む。

ルーシャスがギリ、と奥歯を噛み締める音が聞こえた。

「――煽るなと言ったのに」

唸り声だった。こちらを見下ろすルーシャスの目が、完全に据わっている。

今の何が煽ったことになるのかさっぱり分からないが、オクタヴィアは黙っていた。

ルーシャスの迫力に圧《お》されて、質問などできそうになかったのだ。

「覚悟しろ」

恐ろしい宣言をして、ルーシャスは腰を鋭く打ち付けた。

「――――ッ」

ズドン、という衝撃と共に身体の中心を串刺しにされ、悲鳴も上げられなかった。頭のてっぺんから爪先まで、雷で撃ち抜かれたような、そんな痛みだった。

はく、と口を上下させると、「息をしろ」とルーシャスが命令する声が聞こえて、自分が呼吸を止めていることに気がつく。のろのろと指示に従い、は、と息を吐くと、四肢から少しずつ力が抜け始めた。

「痛むか」

またルーシャスの声がして、オクタヴィアは震えながら首を横に振る。

貫かれた瞬間は死んでしまうのではないかと思うほど痛かったが、不思議なことにその激痛は一瞬で、今は痛みより圧迫感の方が大きかった。自分の内側に大きな物が詰まって、内臓を押し上げている。

「――いいえ、苦しいだけです」

ルーシャスは小さく息を吐いて「そうか」と言った後、上体を起こして、オクタヴィアの両膝を自分の肘にかけた。

「なら、付き合ってもらう。これ以上我慢はできそうにない」

「――え……」

「いくぞ」

言うなり、ルーシャスは激しく動き出した。

「きゃ、ああ、ひぁ、ああっ」

破瓜をした矢先に強烈な刺激を与えられ、オクタヴィアは仔犬のような声で鳴いた。

ルーシャスは物も言わずに腰を穿《うが》ち続ける。その目はギラギラしていて、何か言えば噛みつかれてしまいそうだ。押し開かれたばかりの隘路は、狂ったような抽送を続ける肉棒に戦慄《わなな》きながらも健気に絡みついていた。

ルーシャスは嵐のようだった。オクタヴィアは落ちた木の葉のようにもみくちゃにされ、視界がどんどん白くなっていく。荒々しく扱われているのに、どうしてか、それでもルーシャスに触れられているのが嬉しいと思っていた。

痛みも圧迫感も麻痺してしまい、もう感じない。

ただ、夫となった彼と深いところで交じり合っていることに満足している自分を感じながら、オクタヴィアは意識を手放したのだった。

第三章　夫の愛人

テーブルに置いた白い茶器から湯気がくゆる。

上質のレースで編まれた薄いベールが空気に溶けていくようだ。その美しい光景を眺めながら、オクタヴィアは深いため息をついた。

「オクタヴィア様、どうなさいましたか？」

女主人の憂い顔にいち早く気づいたのは、メイドのリリアナだ。ルーシャスがつけてくれた五人の専属メイドだが、その人数で常時傍に侍られるのは圧迫感がある。とはいえ、その中から一人選び出すというのもなかなか難儀で、結局オクタヴィアは全員をレディーズメイドに任命し、日替わりで一人だけ傍に置くことに決めた。ちなみに、オクタヴィアに付かない日は、別の仕事をしてもらっている。

今日はリリアナが当番の日だ。

心配げにこちらを見つめるメイドに、オクタヴィアは慌てて微笑んだ。

「なんでもないわ。少し考え事をしていただけ」

「そうですか……」

オクタヴィアの答えにもまだ心配そうな表情をしていたものの、リリアナは何かを思いついたのか、ポンと手を叩いた。

「そういえば、今朝料理長がリンゴのケーキを焼くと言っていました！　きっともうできていると思うのでもらってきますね！」

「あら、嬉しいわ」

オクタヴィアが笑顔で同調すると、リリアナは嬉しそうにいそいそと厨房へと向かった。

メイドが出ていくのを見届けてから、オクタヴィアはもう一度ため息をつく。

「……今日でもう、一月《ひとつき》になるのね……」

オクタヴィアがノースクリフ侯爵令嬢からアシュフィールド夫人になって、今日で一か月が経った。時間がこれほど長いと感じたのは、人生で初めてだった。

それもそのはずだ。

結婚した次の日から、夫であるルーシャスがいなくなってしまったのだから。

オクタヴィアは初夜の床で、恥ずかしいことに気を失ってしまった。

目が覚めてみるとベッドにいるのは自分一人で、一緒にいるはずの夫の姿はどこにもなかった。

なんとルーシャスは結婚一日目に新妻を置いて、仕事で他国へ行ってしまった挙句《あげく》、それから一か月、一度も帰って来ていないのである。

アシュフィールド夫人になってから、夫の顔を見たのはたったの一日だけだ。

「まったく、これじゃあ未亡人になったようなものだわ……」

皮肉っぽい愚痴《ぐち》が零れてしまったが、致し方ないだろう。

初夜の翌朝、目覚めたオクタヴィアに、ルーシャスの腹心のローランドが申し訳なさそうに伝言してきた内容もまた酷かった。

『問題を起こさず、ホテルの中で大人しく過ごすように。金はいくら使っても構わない』

これを聞いて腹を立てない大人がいるだろうか。

問題を起こさず大人しく、という子ども扱いもさることながら、金を使ってもいい、というのは、父の借金のカタに結婚したオクタヴィアに対する皮肉なのではないか。

オクタヴィアも例に漏れず腹を立てたが、残念ながら怒りが長続きしない性質だ。数日後にはその怒りはすっかり忘れ、代わりに、異国へ旅立った夫の安否を心配さえした。

だがローランドから「そんなご心配は無用ですよ！　ルーシャス様なら今頃、大好きなお金儲けを活き活きとやってますから！」と笑顔で返されてからは、心配は呆れに変わった。なるほど、ルーシャスにとっては、新妻との蜜月よりもお金儲けの方が大事だったようだ。

この一か月の間に、ルーシャスから手紙の一通でも来ていたなら違ったかもしれないが、残念ながらハガキすら届かなかった。

（やはりルーシャスにとって、私は所詮、お飾りの妻に過ぎないということよね……）

ルーシャスはオクタヴィアを抱いた。だから形だけではなく、本物の妻として扱ってくれるのだと思っていたのに。

新婚一日目から、夫婦としての生活を放棄されたのだ。結婚したという事実があれば、後は放っておいても良いと思われているのは明白だ。

（おまけに、自分は異国で女性とお楽しみのようだし……）

数日前、朝食を取ろうと寝室からリビングへ行った時、メイドたちが慌てて何かを隠そうとした。気づいたオクタヴィアが不審に思って「見せなさい」と言うと、おずおずと新聞を出してきた。そこには、ルーシャスが劇場の桟敷席《さじきせき》で、豊満な身体の女性を膝にのせて、キスをしている写真がでかでかと載っていたのだ。分かりやすい大きな文字で『好色漢アシュフィールド、新妻にはもう飽きた!?　異国でも女優とお盛ん！』と見出しが付き、その下には、ご親切に当事者である女優のコメントまで載っていた。

『彼、妻がいることなんて忘れているみたいよ。ベッドの中でそう言ってたわ！』

メイドたちはこれをオクタヴィアの目から隠そうとしてくれていたらしい。

あまりの衝撃に、頭が真っ白になった。女たらしであるとは聞いていたし、愛人がいるかもしれないと疑惑を抱いたこともある。だがまさかこんな新婚早々、他の女性との関係を堂々と見せつけられるとは。

（そう、存在すら忘れる程度の妻なのですね、私は……）

新聞を持ったまま蒼褪めて戦慄していると、メイドたちが口々に「オーナーは確かに女たらしですが、いつも遊びでしかないんです！　これも遊びですよ、絶対！」とか「オーナーの妻はオクタヴィア様だけですから！」とか必死に言い募っていたが、まったく慰めにもなっていないし、弁明にもなっていないことに気づいてほしかった。

（賞品妻……）

ふと、そんな言葉が頭に浮かんだ。

賞品妻とは、最近聞かれるようになった言葉だ。いわゆる成金と呼ばれる男性が、自分が手に入れた社会的地位を誇示するために、貴族の中から若く美しい女性を妻に選ぶことを揶揄《やゆ》した侮蔑《ぶべつ》的な言葉。

（賞品……物扱い、まさに今の私のことだわ）

ルーシャスにとって、自分は貴族社会に入り込むための手段であり、社会的成功を象徴する賞品なのだ。妻どころか、人間ですらない。だから手に入れた後は関心がなくなり、こうして放置されてしまうのだろう。

「慈しみ合う夫婦なんて、夢のまた夢だわ……」

慈しむ以前に、関心すら持ってもらえないのだから。関係を改善したいと思い、せめて手紙をと何通も書いて送ったが、返事は一度も来なかった。最初の頃は毎日ローランドに返事が届いていないか確認していたが、十通目を送った後はもうすっかり諦めてしまった。訊ねる度に、気まずそうな顔になるローランドに申し訳なくなったのもある。

（……きっと、読んですらいないのでしょうね）

情けなさにじわりと涙が込み上げてくる。期待をしてしまっていただけに、失望は大きかった。

今オクタヴィアにできることは、ただ待つことだけだ。

だがルーシャスが帰ってきたところで、自分にできることなど何もないのではないか。そんな悲観的なことを考えるほどに、気持ちは塞がっている。

テーブルの上の紅茶は、もう湯気を立てていなかった。

リリアナが持ってきたリンゴのケーキを見ても、気分が上がることはない。最近はあまり食欲がないこともあって、一口食べたまままそれ以上手を伸ばそうとしないオクタヴィアに、リリアナが眉を下げた。

「あの、少し気分転換をなさっては？」

主が気鬱《きうつ》になっていることを心配してくれているのだろう。その気持ちが嬉しくて、オクタヴィアは微笑んでリリアナを見た。

「気分転換？」

「そうです！　ドレスを新調してはどうでしょう⁉」

「ドレス……」

言われて頭に浮かんだのは、寝室のクローゼットにみっちりと詰まった衣類だ。山ほどあるのにこれ以上増やす気にはなれなくて、オクタヴィアは苦笑を浮かべてしまう。

「ドレスはもう要らないわ。これ以上増やしても、収納する場所がないでしょう？」

「まあ！　場所なんていくらでもありますよ！　ここをどこだと思っていらっしゃるんですか？　この国屈指の大きさを誇るナイツ・プライド・ホテルですよ？　お部屋なんか山ほどあるんですから！」

呆れたように言うリリアナに、オクタヴィアは首を傾げる。

「そうは言うけれど、お客様のためのお部屋じゃないの。私が使うわけにはいかないわ」

するとリリアナはくしゃりと顔を顰め、何かを堪えるように拳を握って呻き出した。

「んん〜！　もぉおお、オクタヴィア様はぁああ！　どうしてそんなに謙虚なんですかぁああ！」

「け、謙虚？」

思いがけないことを言われ、目を瞬く。自分は傲慢《ごうまん》ではないと思っていたが、かといって謙虚なつもりもなかったので、びっくりしてしまった。

「謙虚ですよ！　この国屈指の大金持ちであるオーナーのご夫人になられたというのに、

ちっともお金を使わないどころか、一切外出もしないで閉じこもりっきり！　自分のために客室を使うことなんて、オーナーなんかしょっちゅうですよ！　酷い時なんか、酔っ払って自分の部屋と間違えて、スイートルームで寝てたりするんですから！　それくらい横暴でいいんです！　オクタヴィア様は本当に貴族のご令嬢なのですか!?」

「ええ……？」

お金を使わず外出しないことが謙虚なのか、とは思ったが、オクタヴィアは苦笑しながら首を傾げるに留める。それよりも、貴族に対する偏見の方が気になってしまった。

「貴族だからといって、全員が全員、浪費家で横暴なわけではないわ」

窘めるつもりで言ったのだが、リリアナは分からなかったようで、ウンウンと大袈裟に頷いている。

「そうなんですよ！　私はてっきり、貴族って傲慢で、みんなお金を湯水のように使うんだって思っていたんですけど、オクタヴィア様にお仕えしてそうじゃないんだって、驚いてしまって！　メイドである私たちにもお優しいし、絶対に無茶を言ったりしないし！　これじゃ、オーナーの方がよっぽど悪徳貴族だねって、みんなで言っていたんです！」

そんなことを皆で言っていたのか。そしてそれを主である自分に言ってしまうのか、と呆れを通り越してなんだかおかしくなってくる。貴族の屋敷の使用人だったら許されないことだが、オクタヴィアはメイドの娘たちとのこういった会話を気に入っていた。

「まあ、夫が貴族の誰よりもお金持ちであるのは事実ね。ルーシャス以上にお金を湯水のように使える人なんて、きっといないんじゃないかしら」

賞品に過ぎないオクタヴィアにも、「金はいくら使ってもいい」と言えるほどなのだから。

心の中でそんな皮肉を言っていると、リリアナが「とにかく！」と腰に手を当てて仕切り直す。

「オクタヴィア様はお優しすぎます！　新妻を放り出して半年近くも仕事に行って、他の女とイチャイチャするような最低な守銭奴男、破産するまでお金を使って懲《こ》らしめてやればいいのですよ！」

「は、半年じゃなくてまだ一か月よ……。それに雇用主が破産したらあなたたちも困るでしょう？」

オクタヴィアは思わず訂正してしまった。ルーシャスの肩を持つわけではないが、メイドであるリリアナの主は、正確にはオクタヴィアではなくルーシャスだ。

「新婚ですよ!?　新婚夫婦の一か月は、熟年夫婦の半年に匹敵するんです！」

「そ、そうなの……？」

「そうですよ！　本当なら寝ても覚めても二人でくっついていたい時期なのに、それをあの女たらしの大ばかオーナーが！」

主をここまでぼろくそに言ってもいいものだろうか。リリアナの剣幕に、オクタヴィアはとうとう笑い出してしまった。

「あ、あなたたち、ルーシャスのことを尊敬しているようだったのに……！」

クスクスと笑いながら言えば、リリアナはちょっと唇を尖らせる。

「尊敬はしてますよ！　人使いは荒いですけど、公正だし、お給金もたくさんくれますからね。でも夫としては残念すぎて……オクタヴィア様が良い方だから、私、余計に悔しくなっちゃうんです」

尊敬している雇用主よりも、自分に同情してくれているのだと分かって、オクタヴィアは塞いでいた気持ちが少し軽くなる。誰かに気にかけてもらえていることに、なんだか救われた気がした。

「ありがとう、リリアナ。……そうね、お買い物もいいかもしれないわ。久しぶりに外へ出てみようかしら」

微笑んで提案に乗ったオクタヴィアに、リリアナはパッと顔を輝かせたのだった。


ところが、オクタヴィアの外出に難色を示す者がいた。

「外出ですか……買い物であれば、ブティックをこちらに呼びましょう」

外出のために馬車を用意してほしいと頼んだオクタヴィアに、ローランドが渋い顔でそう言った。

驚いたのはオクタヴィアだけではなかった。傍にいたリリアナが憤怒《ふんぬ》の形相でローランドに食って掛かる。

「はぁ!? 外に出るから気分転換なんですよ! うちに引きこもっててどうして気分転換ができるって言うんですか!」

その迫力には圧倒されてしまったが、本人よりも怒ってくれる彼女のおかげで、オクタヴィアはあまり腹が立たなかった。

「私が外に出てはいけない理由が、何かあるの?」

オクタヴィアが静かに訊ねると、ローランドは困ったように頭を掻く。

「いやぁ、そういうわけじゃないんですが……」

歯切れの悪い答えに、オクタヴィアは目を眇めて、『問題を起こさず大人しく過ごすようにし』というルーシャスの伝言を思い出した。

(要するに、外に出て問題を起こされたくないってことかしら)

女性と遊んで新聞に載るそっちの方がよっぽど問題を起こしているではないか。

オクタヴィアは背筋を伸ばして短くため息をつき、冷たい視線をローランドに向けた。

「私は獣じゃないわ。外に出たからといって、人に噛みついたりしないし暴れたりもしない。もちろん他の男性と戯《たわむ》れて新聞沙汰になったりもしないから、安心なさって。お行儀良くしていると誓うから、馬車を用意してちょうだい」

滅多に怒らないオクタヴィアの冷ややかなイヤミに、ローランドは「あちゃー」というように上を見た後、肩を落として降参した。

「……分かりました。ただし、護衛は必ず付けていってくださいね。……五人くらいいれば大丈夫かな……」

ぶつぶつと言い出したローランドに、オクタヴィアは仰天した。

「ご、護衛は付けます。でも五人も必要ないわ、一人で十分！」

「一人!?　とんでもない！　ルーシャス様がいない間にあなたに何かあったら、僕が殺されます！　五人が多いなら四人でもいいです。前後左右に護衛を付けて歩いてください！」

どこの世界に四方を護衛に守られて街を歩く人間がいるのか。

国王陛下でもそんなことはしない、と必死に説得し、護衛は結局二人まで減らしてもらった。とはいえ護衛として紹介された男性は、二人とも大柄でいかにも屈強そうな見た目で、一緒に歩くだけでずいぶんと目立ってしまいそうだった。

（でもここでいやだと言ったら、外出まで取り止めになってしまいそう……）

オクタヴィアは仕方なく諦めると、岩のような大男の護衛を二人引き連れて買い物に出かけたのだった。

＊＊＊

メルロイド通りは賑わいを見せていた。

高級ブティックが立ち並ぶこの通りは、この国の流行が作られる場所と言われている。オクタヴィアも新しいドレスを作る時にはよくここを訪れたものだったが、父が破産してからは一度も来ていなかった。

「やっぱりメルロイド通りは華やかね」

護衛の手を借りて馬車を降りながら、オクタヴィアは目を細める。軒を連ねるブティックのショーウインドウには、冬らしい暖かな色合いのドレスが競うように飾られていた。

「どこの店に行かれますか？」

無表情の護衛に淡々と訊ねられ、「決めていないの。少し表通りを歩いてみたいから」と答えると、護衛二人は頷き合ってオクタヴィアの左右に付いた。

（……め、目立つわね……）

なるべく目立たないようにとの配慮からか、護衛たちはフットマンの衣装を身に着けているが、筋骨隆々《きんこつりゅうりゅう》の身体と物々しい顔つきは、ただの家事使用人には到底見えない。どう見ても人の制服を借りて着ているならず者である。目立って仕方ない。

（ルーシャスは普段から、こんな目立つ人たちを引き連れているのね……）

目立ちたがり屋なのか、他人の目を気にしないのか分からないが、どちらにしても自信と精神力があるからできることだろう。

社交界では、過度に目立つことは人災を引き寄せることと同義だ。だからオクタヴィアは極力目立つ行動は避けたし、人の目を適度に自分から逸らすように細々《こまごま》とした工夫を凝らしていたくらいだ。

ちなみにローランドは自動車を用意しようとしていたが、目立つので馬車に変えてもらった。

（……この二人がぴったり貼り付いていたのでは、無駄だったかもしれないけれど）

心の中でこっそりとため息をついたものの、ふと心に浮かび上がった疑問を、オクタヴィアは何気なく口にした。

「ねえ、あなたたちは、護衛になる前は何をしていたの？」

護衛たちは、自分に話しかけられたのだとは思わなかったようで、一瞬沈黙したものの、顔を見合わせてから改めてオクタヴィアの方を見た。

「我々におっしゃったのですか？」

「ええ。護衛というくらいだから、あなたたちは腕に覚えがあるのでしょう？　身体も大きいし、逞しくて、見た目からしてとても強そうだもの。何かスポーツでもしていたのかしらと思って」

社交界では、体格の良い男性の多くが、パブリックスクール時代にフットボールやボートなどで身体を鍛えていたと言っていた。だからそう訊いたのだが、護衛たちは二人とも少し困った顔をしている。

「あ、その、答えにくい質問だったかしら……？」

ごめんなさい、と謝ると、護衛の一人が口を開いた。

「あ、いいえ、そうではないのですが……。自分はスポーツと呼べるものをしたことがなくて……」

「自分もです。そんな高尚なもの、やったことがないですね」

彼らの口調に少し皮肉げな色が混じっていることに、オクタヴィアは気がついた。

「そ、そうだったのね。とても逞しいから、てっきり……」

焦って曖昧に言葉を濁《にご》してしまっていると、護衛の方が気を遣ったのか、さりげなく話題を変えてくれた。

「自分たちが厳《いか》ついのは、元ボクサーだからですよ」

「まあ、ボクシング？」

ボクサーという言葉に、オクタヴィアはアッと息を呑む。社交界の中で、男性たちが喋っているのを聞いたことがあった。とはいえ、男性同士の話に女性が入っていくのはマナー違反だとされているので、聞きかじった程度である。

「……確か、男性二人がリングに上がり、殴り合う競技、よね……？」

殴り合うなんて、なんて恐ろしいのだろうと思った覚えがあるが、確かにそれなら彼らが逞しいのも納得である。

「でも、それもスポーツなのではないの？」

オクタヴィアが言えば、二人はまた顔を見合わせた。

「……そりゃまあ、そうかもしれませんが。自分たちがやってたのは、賭けボクシングですし、相手が死ぬまでやるなんてこともザラでしたから、スポーツと言っていいのかどうか……」

「死……」

思っていたよりも物騒な話に、オクタヴィアは絶句してしまう。

だが護衛たちは、オクタヴィアがボクシングを知っていたことに気を良くしたのか、一人が嬉しそうに話し出した。

「自分はそれなりに有名だったんですよ。常にオッズオンでしたし」

「オッズオン？」

聞き慣れない言葉に首を傾げると、もう一人が教えてくれる。

「台帳屋《ブッキー》に、勝つ見込みが50％を超えるとされた選手です」

その説明でも、ブッキーが何か分からなかったが、オクタヴィアはとりあえず頷いておいた。多分賭け事に関する俗語《スラング》なのだろう。

「すごい選手だったのね」

オクタヴィアが褒めると、護衛ははにかみ大きな手で頭を掻いた。

「……純粋に楽しかった時期もありましたが、そこそこ有名になってくると、今度は台帳屋が八百長《やおちょう》を強制するようになってきまして」

「八百長？　それは悪いことなのではないの？」

「もちろん悪いことですよ。でも賭け手《ベッター》をエキサイトさせるためのゲームをするために、そういう悪い手を使うことも普通にある世界でしたから……」

護衛はさらりと言ったけれど、その表情には苦い笑みが浮かんでいて、彼が苦悩しただろうことが窺えた。

「まあ、他にもいろいろありまして。戦うことに嫌気が差すようになっていた時、オーナーが護衛の仕事に誘ってくれたんです」

「そうそう。『八百長をして金を稼ぐより、俺を守って金を稼げ』ってな」

その時のルーシャスの真似をしているのか、護衛が顎を反らした傲慢そうな態度で言うのを見て、オクタヴィアは噴き出してしまった。

「あの人、本当にいつでもその態度なのね！」

「何様だよ、って思いましたよ！　だから最初は断ったんです。だけどオーナーは諦めなくて、何度も勧誘に来た。俺は気が短いもんで、カッとなってオーナーに殴り掛かったたんです。一発殴っときゃ、諦めるだろうって。そしたら……」

護衛は苦笑いを浮かべながらもう一人に目配せをし、今度はそちらが口を開く。

「こいつ、殴るどころか、逆にオーナーに殴られて、一発で吹っ飛ばされたんですよ！　あれは見ものだった！」

声を上げて笑い合う護衛に、オクタヴィアはびっくりしてしまった。

「まあ！　ルーシャスが、あなたを？」

目の前の護衛はルーシャスよりも大きく逞しく見える。そんな相手を吹っ飛ばしたなんて、と驚いてしまう。すると護衛たちは口々にルーシャスを褒めそやした。

「いや、俺たちも仰天しましたが、オーナーは信じられないくらいに強いんです」

「とても素人とは思えない。目が良いんでしょうね。こっちの攻撃はすぐに見切られるし、パンチが速くて、重い。おまけに脚まで付いてくる。俺たちの護衛なんか、本当はあの人には要らないんですよ」

「まあ……そんなことを言わずに、どうか夫を守ってあげてください」

オクタヴィアは焦って護衛たちにお願いした。ルーシャスが強いと教えてもらって驚いたが、それでもやはり彼の身が心配だった。護衛をつけなくてはいけないくらい、危険が伴っているのだろうから。

オクタヴィアが心配そうにお願いすると、護衛たちは笑った。

「もちろんです！　オーナーは俺たちの恩人ですから！」

「恩人？」

「ええ。オーナーは俺たちに、まっとうな生き方を選ばせてくれた。俺を吹っ飛ばした後、オーナーが言ったんです。『それがお前の本当にやりたいことなのか？』って。その時、気づいたんですよ。別にやりたくてやっていたわけじゃないって……」

　呟くように言った護衛の肩を、もう一人の護衛がポンと叩く。

「自分たちは、いわゆる同じ界隈のストリートチルドレン仲間でした。食べていくために悪いことにも手を染めて、気がついたらギャングの下っ端をやっていて。腕っぷしが強かったから、ボクシングに誘われた。それだけの理由だったんです」

　護衛たちが語る内容に、オクタヴィアは以前会った花売りの少女たちを思い出していた。あの子たちも、彼らと似た境遇であるはずだ。

（……冷たいことを言っていたけれど、ルーシャスはこんなふうに、誰かに手を差し伸べてもいたのね……）

　だがその誰かは、ルーシャスのためになる者限定だ。ホテルの従業員であったり、護衛の彼らだったり、おそらく腹心のローランドもそうだろう。ルーシャスのために働く人たちだから、彼は手を差し伸べるのだ。

（……でも、それだけではいけないのよ）

ノブレスオブリージュの精神は、自分への見返りを前提として施す慈悲であってはいけない。持てる者が持たざる者に、公平に慈悲を与える責任があるのだ。

「ねえ、あなたたち、子どもだった時、夢はあった？　どんなことをしてみたかった？」

オクタヴィアの問いに、二人は目を瞬く。唐突な質問だったのだろう。

「美味いもんを、腹いっぱい食いたかったですね。まあでも、今食えてるから夢が叶ってるんですけど」

即答した護衛に、オクタヴィアは微笑んだ。

「ふふ、そうね。……じゃあ、あなたは？」

もう一人に話を振ると、彼はしばらく考えた後、少し照れ臭そうに答えた。

「自分は、勉強がしてみたかったです。……母が生きていた頃、寝る前に読んでくれた絵本を、自分で読めるようになってみたかった」

その言葉に、オクタヴィアの心の中で、何かがコトリと音を立てた。

「……それは、今からでもきっと叶えられるわ」

オクタヴィアがそう言うと、護衛は目を丸くして、それからニカッと気持ちのいい笑みを見せる。

「そうですね」

「そうよ！」

オクタヴィアは、護衛たちと笑い合いながら通りを歩く。

先ほどまでと同じことをしているはずなのに、なんだかとても楽しく感じられた。

メルロイド通りをそぞろ歩きながら、各店のショーウインドウを眺める。

(最近はウエストの位置が低いものが流行っているのね。帽子はつばの小さいものばかりだわ。今年の流行は煉瓦色なのかしら)

最初は乗り気ではなかったものの、買い物はやはり楽しいもので、夢中になってドレスや帽子を見て歩く。自分のものだけでなく、仕えてくれているメイドたちにも何かお土産になるものはないかと思っていると、パッと宝石店が目についた。

(髪留めなんかもいいわよね)

ドレスだとサイズがあるが、髪留めならば大丈夫だろう。そう思い、「ここに入るわ」と護衛に声をかけて宝石店のドアを開く。

「……あ」

だが、店に入ってすぐに目に留まったのは、髪留めではなかった。店の中央に展示されていたのは、よく練り上げられた飴細工のような金色をした、猫睛石《キャッツアイ》だった。息を呑むほど強烈な光を放つその石が、いぶし加工をされた金の台座に鎮座している。カフスボタンのようだ。

シンプルなデザインだったが、それがかえって石の美しさを強調していた。

別の角度から見ると、矢のように鋭いシラーがギラリと光る。

「これ……ルーシャスの目みたいだわ……」

オクタヴィアは我知らず呟いていた。

心を惹かれたのは、その猫睛石が夫の瞳の色とよく似ていたからだ。猫の目というより、もっと鋭い獅子の目を連想させる力強い光が、ルーシャスの目の印象と同じだった。

オクタヴィアがカフスボタンに見入っていることに気づいたのか、店主が奥から出てきて声をかけてくる。

「非常に高品質な猫睛石ですよ。金緑石《クリソベリル》の変種で、この黄金色はモンザビア鉱山でしか採れない貴重なものです」

「そうなのですか」

説明されたが、オクタヴィアは曖昧に相槌を打つ。その石から目が離せなかった。吸い込まれそうな美しさだ。

「よろしければ、こちらにどうぞ。お手に取ってご覧くださいませ」

店主に促され、オクタヴィアは言われるがままにソファに座る。あのカフスボタンに触れてみたかった。

「こちらになります」

店主が持ってきたその石にそっと触れると、その鮮烈なシラーに胸がどきどきしてくる。

脳裏に浮かんだのは、こちらを見下ろすルーシャスの顔だ。獰猛《どうもう》な金色の瞳の奥で、黒い瞳孔が小さな点のように見えた。

『――煽るなと言ったのに』

肉食獣の唸り声のような低い声が脳内に響き、その凄絶な色香を思い出して、カッと身体が熱くなる。

(や、やだ……私、こんなところで、何を思い出しているの……！)

それは初夜の記憶だった。オクタヴィアはこの一か月、その時のルーシャスを思い出しては、慌てて頭を振ってそれを振り払うという行為を何度も繰り返してきた。

人前で破廉恥《はれんち》なことを考えている自分が猛烈に恥ずかしくなって、オクタヴィアはごまかすように早口で言う。

「これ、いただきますわ！」

「おお、ありがとうございます！」

購入を即座に決めたオクタヴィアに、店主は揉み手をせんばかりに喜色を露わにする。上客だと見込んだのか、「実は他にも良い品がございましてね」と言いながら、他の商品を取り出してきた。もういい、と断りかけたオクタヴィアは、この店に入った当初の目的を思い出し、口を噤む。

(そうだわ。私、リリアナたちへのお土産を選ぶつもりだったんだわ)

それも忘れて、ルーシャスの瞳に似た猫睛石にすっかり夢中になってしまった。しかもカフスボタンだから自分で使えないので、必然的にルーシャスに贈ることになるだろう。

自分をほったらかしにして他の女性と遊び歩いている夫に、わざわざプレゼントを買う自分に呆れてしまうが、それでもこれほど心を惹かれた物を買わない選択肢はなかった。

（いいのよ、どうせ、ルーシャスのお金だもの）

プレゼントと言うより、浪費だ。リリアナが言っていたように、無駄遣いをしてやるのだ。そう結論づけた時、不意に高い声がかかった。

「あらまあ、物々しい護衛を連れていらっしゃるから、どこの国の要人かしらと思ったけれど、こんなに愛らしい方だったなんて」

自分たち以外の客が入ってきていたことに気づかなかったオクタヴィアは、ギョッとして後ろを振り返る。

そこには迫力のある美女が立っていた。艶やかな黒髪を華やかに巻き上げ、その上に流行りの小さなレースのついたボンネットがのっている。吊り上がった大きな目はヘーゼルで、肉感的な唇が妖艶な印象だった。胸元の大きく開いたドレスは、デイドレスというよりはイヴニングドレスのように見えるが、豊満な身体つきの彼女にはよく似合っている。

（この方は……！）

圧倒的な存在感を放つ貴婦人に、オクタヴィアはハッとした。見たことのない女性だが、黒髪にヘーゼルの瞳、そしてこの美貌と来て、思い当たる人物があったのだ。

座っていたソファからサッと立ち上がると、膝を折って目上の者への挨拶をする。

「私はオクタヴィア・アイリーン・アシュフィールドと申します。お目にかかれて光栄です、タウンゼント公爵令嬢様」

すると美女は満足げに微笑み、ゆっくりと頷いた。

「ごきげんよう。どうぞケイトリンとお呼びになって、アシュフィールド夫人。あの『守銭奴』と結婚した強者が、こんなに可愛らしい人だなんて意外だわ」

オクタヴィアは「恐れ多いことです」と控えめな笑みを浮かべて、もう一度頭を下げた。

ケイトリン・マリア・ハワード——タウンゼント公爵の一人娘で、現在二十六歳だったはずだ。この国に十二ある公爵位の中でも、タウンゼント公爵位は別格の存在だ。最も歴史が古いだけでなく、現タウンゼント公爵の妻が王妹殿下なのである。つまりケイトリンは王の姪《めい》であり、この国で最も高貴な血を引く女性の一人というわけである。

彼女が有名なのはそれだけではない。

実は彼女は数年前に異性関係のスキャンダルを起こしていて、社交界からは遠ざかっていた。当時オクタヴィアはまだ幼くてまったく知らなかったのだが、社交界ではかなり話題になった騒動だったらしい。結局そのスキャンダルによって傷物とみなされた彼女は、最も高貴な血筋の令嬢であるにもかかわらず、未だに独身なのだそうだ。

（……でも本当の理由は、お母様であるタウンゼント公爵夫人が、家を存続させるために相応しい婿を選《え》りすぐっているからだって、もっぱらの噂……）

タウンゼント公爵家にはケイトリン以外の子どもはなく、ケイトリンが別の家に嫁げば、家督は遠縁の男子に引き継がれることとなる。公爵夫人はそれを回避するために必死という話だ。

（——本当かどうかは定かではないけれど）

目の前の美女がいわくつきであることだけは確かである。

オクタヴィアは密かに唾を呑んで、姿勢を正した。なぜそんな人物が自分に話しかけてきたのかは分からないが、警戒するに越したことはない。

「あらまあ、本当になんて可愛らしい人なの。わたくし、前からあなたと仲良くしたいと思っていたの」

ケイトリンは艶やかに微笑みながら歩み寄ってくる。オクタヴィアはそれに応えようと口を開きかけたが、スッと目の前が暗くなり、壁のような背中に阻《はば》まれた。

護衛だった。オクタヴィアをケイトリンから庇《かば》うようにして、間に立ちはだかっていた。

「まあ、使用人の分際で、なんて無礼なの」

明らかに怒りを孕んだ尖った声に、オクタヴィアはサッと蒼褪める。

貴族にもいろんな考えの人がいる。産業が発展し平民が台頭してきた今でもなお、選民意識が高く、平民を下に見る人たちは多いのだ。

（多分、この人もその類《たぐい》の人――）

王の姪という立場であれば当然なのかもしれない。下手をすれば護衛たちが酷い目に遭わされかねないと、オクタヴィアは慌てて彼らを押し退けてケイトリンの前に出る。

「申し訳ございません。私の教育不足で、使用人が失礼致しました。大いなるご慈悲をもって、どうぞご容赦くださいませ……」

オクタヴィアの謝罪に、意外にもケイトリンはすぐに相好《そうごう》を崩した。

「まあまあ、使用人を庇うなんて、なんてお優しいの。さすがは『社交界の天使』と呼ばれたお方ね」

「……お恥ずかしい限りです。タウンゼント公爵令嬢様の女神のようなお優しさとお美しさの前では、私など霞むばかりでございます」

ひたすらにへりくだるオクタヴィアに、ケイトリンはクスクスと笑う。

「そんな堅苦しい呼び方は嫌よ。ケイトリンと呼んでと言ったでしょう？」

「そんな、とんでもございません」

「いいえ、あなたにはそう呼んでもらいたいの」

きっぱりと首を横に振るケイトリンは、笑みを浮かべているけれど妙に眼差しが強い。

意味深長な態度に目を丸くしていると、ヘーゼルの瞳が愉快そうにきらりと光った。

「あなたとは仲良くしたいのよ。……ふふ、わたくし、ルーシャスにはずいぶんとお世話になっていますから。……本当に、頼り甲斐のある男性が夫で羨ましいわぁ」

強調された部分に、オクタヴィアはハッと息を呑む。

(――この方は、もしかして……)

礼儀作法も忘れて、ケイトリンの妖艶な美貌をまじまじと見つめた。

(ルーシャスの、愛人……)

そう考えれば、ケイトリンの不可解な行動に全て合点がいく。なぜ面識もない自分にわざわざ話しかけてきたのか。しかも発言からして、事前にオクタヴィアのことを知っているふうだった。

異国でも堂々と女性と遊んでいるくらい、異性関係が派手なルーシャスだ。貴族女性に愛人がいたとしてもおかしくはない。

(ルーシャスの愛人だというなら、私のことを知っていてもおかしくない)

自分の愛人が結婚した相手を知らないはずがない。たとえ知らない人間でも、調べるくらいはする。オクタヴィアがその立場なら、間違いなく調べてしまうだろう。

(……いけない。愛人かどうかなんて、分からないことなのに)

もやもやと込み上げてきた嫌な感情に、オクタヴィアは慌てて蓋《ふた》をした。自分が疑念を抱いたからといって、それが本当であるとは限らない。もし間違っていたら、ケイトリンにも失礼な話だ。

だが一度抱いた疑念は、そう簡単には払拭《ふっしょく》できなかった。目の前の美女をこれ以上見ているのが辛くて、オクタヴィアはこの場から早く立ち去ろうと視線を彷徨わせる。

「あの……」

暇《いとま》を告げようと口を開いたオクタヴィアを遮るように、ケイトリンがはしゃいだ声を上げた。

「あら、この猫睛石、素敵ね！ ルーシャスの瞳にそっくり！ 彼へのプレゼントね⁉」

言い当てられて、グッと胸の中にむかつきが膨《ふく》らんだ。その石がルーシャスに似ていると思ったことや、彼へのプレゼントだと彼女に当てられたことが、無性に腹立たしかった。

「あら、この猫睛石もいいけれど、こっちの黄玉《トパーズ》も似合いそうよ！ ねえ、こっちになさったら？ わたくし、ルーシャスの目を黄玉みたいだわって、顔を覗き込む度に思っていたのよ」

顔を覗き込んだということは、それほど顔を近づけたということだ。それも、何回も。

自分が何度もルーシャスとキスをしている仲なのだと、ほのめかしたいのだろう。

（……もう、無理だわ……）

自分で感情を制御できなくて、オクタヴィアは堪らず目を閉じる。

「あの、申し訳ございません。少し用事を思い出しましたのでお暇させていただきますわ。

どうぞお買い物を楽しんでください」

そう告げるのが精一杯だった。一息で言い終えると、クルリと踵を返す。足早に店を出ようとするオクタヴィアを、ケイトリンの声が追いかけた。

「またお会いしましょう、オクタヴィア。わたくし、あなたとも是非仲良くなりたいの。……ルーシャスを挟んで、これからいろいろお付き合いも続くでしょうし。ふふ、ねえ、そのプレゼント、喜んでくださるといいわね」

ふふふ、という楽しげな笑い声に、応える気も起きなかった。無言のまま振り返ることもせず、オクタヴィアは宝石店を後にする。

買い物をする気分はすっかり失せてしまい、オクタヴィアはそのままホテルへと戻ることにした。

(……こんなことなら、出かけなければ良かった)

車窓の景色を眺めながら、オクタヴィアは後悔する。せっかく気分転換する予定だったのに、余計に気が塞いでしまった。情けなくて、悲しくて、じわりと涙が溢れ出た。ポタポタとドレスに涙が落ちるのが分かったが、拭う気力も湧かなかった。

(……この結婚は、間違いだったのかしら……)

自分の初恋を信じて、ルーシャスと慈しみ合える夫婦になろうと決意して結婚したけれど、何もかもが上手くいかない。努力は空振りするばかりだし、歩み寄ろうにも相手がはるかかなたの異国に行ってしまって戻ってこない。おまけにどうやら夫には複数の愛人がいて、その内の一人は自分など足元にも及ばないほどの美女で、血筋も自分より上だ。

(あの人は、なぜ私を選んだのかしら……)

洟《はな》を啜りながら、オクタヴィアは不思議に思う。結婚を社交界に参入するための手段と考えていたにしても、ケイトリンを妻にした方がよほど都合が良かったはずだ。オクタヴィアの実家より、ケイトリンの実家の方が金も権力も持っているのだから。

(――ああ、でもタウンゼント公爵夫人がお許しになるわけがないわね)

ケイトリンは婿を取ってタウンゼント公爵家を継ぐ男子を生まなければならない。それならば相手も確固たる血筋から選ばなければならないだろう。だからケイトリンと結婚はできなかったのだ。

「なるほど、ね……」

だったらルーシャスにとって、オクタヴィアとの結婚は苦渋の選択だったのだろう。本命と結婚できないから、次点で我慢しようといったところか。

ふ、と自嘲《じちょう》の笑みが込み上げる。

「……間違っているわね。やっぱり」

間違った結婚をしてしまった。――問題は、この先をどうするか、だ。

このまま間違ったまま夫婦を続けるのか。あるいは、互いの間違いを擦り合わせ、間違いでない夫婦になるのか。

（私は、どうしたい？）

「──そしてルーシャス、あなたは、どうしたいの？」

低い声の問いに答える声は、ここにはなかった。


ホテルに到着したオクタヴィアは、迎えてくれた使用人たちが、妙にニコニコとしていることに気がついた。

「お買い物は楽しまれましたか、オクタヴィア様！」

「ええ、そうね。ありがとう……」

「さぞやお疲れでしょう！　さあ、早くお部屋にお戻りになってください！」

「あら、ええ、そうね」

「そうですとも！　さあさあ、お早く！　待っておられますから！」

（待っている？　誰が？）

オクタヴィアは首を捻りつつも、使用人たちに追い立てられるようにして自室へのエレベーターに乗り込んだ。ドアを閉めてレバーを押すと、ガタンと音を立ててエレベーターが揺れ、ぐんぐんと上がり始める。最初は少し怖かったこのエレベーターにもすっかり慣れてしまった。そんな自分がなんだかおかしくて、少し笑った。

「……間違った結婚でも、私はもうアシュフィールド夫人になってしまっているのね」

当たり前のことに小さく絶望して、少し救われる。不思議だ。

最上階に着き、エレベーターを降りたオクタヴィアは、自室のドアを開いた。鍵がかかっていなかったので、中にメイドかローランドがいるのだろうと思い、いつも通り声をかけようとして、絶句した。

「——えっ……」

ドアの前で待ち構えるようにして立っていたのは、メイドでもローランドでもなかった。

仕立ての良いシャツにトラウザーズを着て、傲岸不遜《ごうがんふそん》に顎を上げた野性的な美丈夫《びじょうぶ》——一か月ぶりに見る、夫だった。

相変わらず腹が立つほどの男ぶりだ。

「ル、ルーシャス……」

唖然《あぜん》として名を呼ぶオクタヴィアに、ルーシャスは器用に片方の眉だけ上げてみせる。

「なんだ?」

あまりに短い返しに、オクタヴィアは抑えていた怒りが込み上げるのを感じた。結婚一日目で妻を放置して一か月、ようやく顔を見せたかと思ったら、「なんだ?」である。なんだ、はこちらの台詞である。

「い、今まで、あなた、どこに……」

怒りのあまり、言葉が上手く浮かんでこない。聞きたいことは山のようにあるのに、途切れ途切れに口から出てきたのは、そんな拙《つたな》い問いだった。

オクタヴィアの心情など知ろうともせず、ルーシャスは「はあ？」という顔をした。

「ローランドに聞かなかったのか？　仕事でオーランスに行っていた」

「そ、それは聞いていましたけれど」

「ならなぜ訊いた」

心底不思議そうなルーシャスに、オクタヴィアは文字通り頭を押さえる。頭痛がするのは気のせいではないだろう。この男を相手に、まともに話ができる日がくるのか、疑問にさえ思ってしまう。

「私が言いたいのは……結婚初日であなたがいなくなって、一か月も会えなかったから……ええと、つまり、そう。手紙を書いたでしょう？　どうして返事をくれなかったの？」

言いたいことがありすぎて混乱しそうになる頭を必死に整理しながら訊けば、ルーシャスは訝《いぶか》しげに眉間に皺を寄せる。

「……返事が必要な内容だったか？」

「――なんですって？」

あまりの答えに、オクタヴィアは口をあんぐりと開けてしまった。

「返事が必要な手紙ですって？　ど、どういう意味ですか？」

「あなたの手紙は、あなたが何をしたかとか、誰が何をしたか、という報告ばかりだった。特に俺が返事をしなくてはならない内容はなかったように思うが」

いかにも『不可解』という顔で答えたルーシャスに、目が点になった。

確かにオクタヴィアが手紙に書いたのはそういう内容だった。だが手紙とはそういうものだ。季節や天気の話から始まって、最近自分に起こったこと、その時何を感じたかを書いて、宛てた人との思い出を綴りながら、その人の心身の安寧を祈って締める。少なくともオクタヴィアはそれが手紙の書き方だと習ったし、もらうのも同様の手紙だった。

「で、でも、質問は書いたでしょう？」

彼との距離を縮めようと、季節や天気の話に因《ちな》んだ質問を毎回一つ入れていた。いくつも質問を連ねるのは子どもっぽい手紙になってしまうから、一通に一つと決めていたのだ。

するとルーシャスは唐突に瞑目したかと思うと、呪文のように滔々《とうとう》と言葉を唱え始めた。

「冬は寒いから嫌いだ。好きな色は特にない。マロニエの枯《か》れ葉に哀愁《あいしゅう》は覚えない。馬車より自動車の方が好きだ。ワインは赤をよく飲む。川蝉《かわせみ》はそもそも見たことがないから好きか嫌いかなど分からない。風邪をひいたことはあまりない。好きな詩人はいない。よく読む本はメルロードの『資本主義論』。刺繍《ししゅう》の柄の種類に特に興味はない」

「……な……！」

オクタヴィアは、陸に上がった魚のように、口をパクパクとさせてしまった。恥ずかしさに、顔がじわじわと赤く染まっていく。なぜならば、ルーシャスが一息で呪文のように言った台詞は、オクタヴィアが十通の手紙でルーシャスにした質問の答えだったからだ。

確かに自分のした質問だったが、それをこんなふうに返されると、妙に恥ずかしくなってしまうのはなぜだろうか。

プルプルと羞恥《しゅうち》に身を震わせていると、ルーシャスが目開いて、ふう、と息を吐く。

「どれも緊急性のない質問だったから、口頭で答えた方が早いと判断した。……これで満足か？」

「ま、満足か、ですって……!?」

オクタヴィアは悔しさのあまり、歯ぎしりしそうになった。

(なんて……なんて、デリカシーのない人なの……!?)

ルーシャスがオクタヴィアからの手紙を読んで、「くだらない内容だ」と思っていることがこれでよく分かった。

だがお互いよく知らない者同士が結婚したのだ。最初はお互いの好き嫌いだったり、何に興味があるかなど、些細なことを知っていくのが礼儀というものなのではないか。急に踏み込んだ質問をするのは、相手に嫌な思いをさせてしまうものだ。

(だからなんでもないことを質問したのに！　この人にとってはくだらないことだったのでしょうけれど！)

ちなみに、女性と一緒にいる写真が新聞に載っていたことは、『ご活躍を新聞で拝見しました』という一文であてこすりをしてやったのだが、これもどうでもいい内容だったのだろう。

(確かに、質問の内容はくだらなかったでしょうね。でも、愛人のことだけはくだらないで済ませられないのよ……!)

「──新聞」

「は？」

声が小さくてよく聞こえなかったらしく、面倒くさそうに聞き返してきた夫に、オクタヴィアはギッと眦を吊り上げる。

「新聞に載っていた女性です。あなたが膝にのせ、キスまでしていた女性……あれはどういうことですか？」

「……？　新聞に載っていた女……？　ああ、劇場のやつか」

指摘されても一瞬なんのことか分からなかったルーシャスに、オクタヴィアの怒りが煽られた。あの記事にこちらは散々悩まされたというのに、当の本人はまったく気にしていなかったということか。

(ふ、ふ、ふざけないでちょうだい！)

「劇場のやつか、じゃありません！　私という妻がいながら、他の女性と、あ、あ、あのような、破廉恥なっ……！」

　顔を真っ赤にして怒ると、ルーシャスは驚いたように目を丸くした。

「破廉恥というほどのことはしていないぞ？　膝にのられて、一方的にキスをされただけだ。服だって着ていただろう？」

　事もなげに言われたが、それで何をどう納得させられると思っているのか。

「ひ、膝にって……！　服って……！」

「あれはオーランスの新人女優で、新聞に載ったのだって有名になるための営業みたいなものだ。向こうで映画会社に相当の額を投資したから、俺に媚《こ》びれば良い役がもらえるとでも思ったんだろう。あの席には他にも女優がたくさんいたし、膝にのってきたのはあの女だけじゃない」

　オクタヴィアは頭が爆発しそうになった。この男の頭の中では、浮気相手が一人ではなく複数だったことは、免罪符になるのか。

「いい加減にして！」

　普段絶対に出さないような、悲痛な声で叫んだ。怒りのあまり涙声になってしまったが、泣いて当然のことをされているのだから仕方ない。激流のような怒りで身体が震え、息が荒くなった。

　オクタヴィアが泣きながら激怒している様子に、さすがのルーシャスも気圧されたように押し黙る。

「わっ、私は、あなたの、妻です！」

感情が高ぶりすぎて、言葉が途切れ途切れにしか出てこなかった。

「あ、ああ……」

「私は、自分の夫がっ、浮気を、するのを、許せませんっ！　……嫌です、あなたが、他の人に触れるなんてっ……」

涙で視界が潤み、ルーシャスの顔がよく見えない。でもそれで良かった。彼が今どんな顔をしているか、知るのが怖かった。きっと面倒くさい女だと呆れているのだろう。

（……だって、ルーシャスにとって、私は賞品妻だもの……）

社交界に入り込むための手段で、自尊心を保つための道具。彼にとっての『結婚』と、自分にとっての『結婚』が同義でないことは、これまでの扱われ方を振り返れば否が応でも分かる。そもそもそうでなければ、妻を金で買うなんてことをするはずがないのだ。

ルーシャスは自分の中の『結婚』生活を実行しているだけだ。金で買った妻とは一緒に暮らす必要はなく、自分はこれまで通りの生活を続ける――仕事も、女性関係も。

（本来なら、それに口を出す権利は私にはないのよ）

なにしろ、オクタヴィアは金で買われた妻なのだ。三百万グラード分の役割を果たさなくてはならない。ルーシャスの思う通りの『妻』であるのが、オクタヴィアの役割なのだから。

（……でもっ、嫌なんだもの……！）

分かっていても、オクタヴィアはルーシャスに他の女性と浮気をしてほしくなかった。ルーシャスが触れるのは、自分だけにしてほしかった。写真のあの女優でも、宝石店で出会った公爵令嬢でもなく、自分だけを見て、自分だけに触れてほしい。他の女性のところになんか行かず、自分の傍にいてほしいのだ。

だがオクタヴィアは、自分の主張がルーシャスにはただのワガママに映るだろうことも分かっている。互いの価値観がずれたまま、擦り合わせをしていないのだから当然だ。

（きっと呆れられて……また離れていってしまうわ）

やっと帰ってきたというのに、失敗してしまった。どうして上手くできないのだろう。きっとケイトリンはもっと世慣れているから違うのだろう。あの女優だってそうだ。こんなふうに子どもみたいに癇癪《かんしゃく》を起こすのではなく、ルーシャスの機嫌を取りつつ関係が上手くいくように采配できるのだろう。

落ち込みながら涙を流していると、頬に何かが触れる感触がした。目を開けると、ルーシャスが手を伸ばしてオクタヴィアの涙を拭っている。

呆れているだろうと思っていた彼は、ニヤニヤと頬を緩めて微笑んでいた。

「………なぜ、笑っているの？」

ムカムカとした気持ちが込み上げる。こっちはあなたのせいで泣いているのですが、と怒鳴ってやりたい。

それなのに、ルーシャスはニヤニヤとした笑いを収めないどころか、オクタヴィアの顎を摑んで固定すると、そのままキスをしようとしてくる。

（――は？）

今の話を聞いて、何を考えたらキスをする気になるのか。

頭がおかしいのか、とオクタヴィアは手を突っ張ってルーシャスの顔を退けた。

「な、何をしようとしているんですか!?　私の話を聞いていました!?」

怒るオクタヴィアに、ルーシャスは「もちろんだ」と首肯《しゅこう》しながら、なおもオクタヴィアの腰を抱いて引き寄せようとしてくる。

「聞いていてどうしてっ、こんなっ……、ちょっと、触らないで！」

伸びてくるルーシャスの手をバシバシと叩いて落とそうとするのに、まったく効果がない。頑丈な鉄格子のような腕に抱き締められながら、オクタヴィアはせめてもの抵抗をと、ルーシャスの胸に手をついて、できる限り密着する場所を減らそうとした。だが夫は怪力で、腕を突っ張っていられるのは数分が限度だろう。

「触らないでどうやってキスをするんだ？」

「だ、だから、どうして今の流れでキスをすることになるんですか！」

毛を逆立てた猫のように噛みつくと、ルーシャスはにんまりと嬉しそうに笑った。

「だって、嫉妬《しっと》したんだろう？」

「――――」

その指摘に、オクタヴィアはあんぐりと口を開いて、それから顔を真っ赤に染める。

「なっ……な、な……」

続く言葉が見つからなくて、壊れたオモチャのように「な」を繰り返した。

ルーシャスの指摘がその通りだったからだ。新聞の女優の件もケイトリンの件も、あれほど衝撃を受け、悲しい、悔しい、苦しいと思ったのは、嫉妬したからだ。

「嫉妬してくれるなんて、熱烈だな」

くつくつと喉を鳴らすルーシャスは、クリームを舐めた猫みたいに満足げな笑みだ。

（な……なによ、何よ何よ！）

悔しさが爆発する。ついでに恥ずかしさも爆発して、オクタヴィアは子どもが八つ当たりをするかのようにルーシャスの胸をぽかぽかと拳で打った。

「痛い痛い、はは、悪かった。悪かったよ、ヴィア」

絶対に痛いと思っていない声で言うルーシャスに腹が立つのに、こちらを見下ろす金の目に優しい光が灯っていることに、どうしようもなく喜びを感じてしまう。

（ああ……もう、私……、悔しいけれど、ルーシャスが好きなんだわ……）

初恋の時に思い描いた理想の人ではなかったけれど、それでもオクタヴィアは夫となったこの男性に惹かれている。傲岸不遜なのに従業員には慕われていて、意地悪なのに優しくて、恐ろしい無表情でいるかと思ったら、急に無邪気に笑ったりする。自分の常識とはかけ離れているルーシャスの価値観を、理解したいと思う。彼を理解して、傍にいたいと思ってしまうのだ。

これが「好き」でなく、なんなのか。

敗北にも似た気持ちで、オクタヴィアは自分の恋を認めた。

「ああ、可愛いな、俺の妻は」

そんな甘い言葉を吐いて、ルーシャスがまた顔を寄せてくる。

（……確かにこんな殺し文句を女性に言っていたら、モテるでしょうね……）

心の中でひっそりと思ったが、口にはしなかったし、今度はオクタヴィアもキスを阻まなかった。

一か月ぶりに感じる夫の唇は、とても甘く、温かかった。

ルーシャスはキスをしたままオクタヴィアを抱え上げると、歩いて寝室へと移動した。

自分の身体を支える太い腕は硬く強靭《きょうじん》で、鋼のようだ。彼が大柄なことは知っていたが、こんなふうにいとも簡単に抱き上げられると、改めてその逞しさを実感させられてしまう。

唇を食まれながら、オクタヴィアはベッドの上に寝かされた。

ギシリ、とベッドのスプリングが軋《きし》み、キスをやめたルーシャスが上体を起こしてこちらを見下ろす。ただでさえ鋭いその目が、欲望の色を纏い、野性的に煌《きら》めいているのを見て、オクタヴィアのお腹の底がじわりと熱くなった。

ルーシャスはオクタヴィアに馬乗りになると、ゆっくりとシャツのボタンを外していく。節の高い長い指が、一つ、また一つとボタンを外していく度に、その下にある鞭《むち》のようにしなやかな肉体が少しずつ露わになった。

その厚く張り出した胸板や、ボコボコと隆起《りゅうき》した腹の筋肉に、オクタヴィアは息を呑んだ。まるで古代神の彫刻のような男性美に、目が釘付けになってしまう。

（なんて、美しいの……）

思えば初めての時は余裕がなくて、ルーシャスの裸をちゃんと見ることができなかった。これほど美しい肉体美を持っていたなんて。

オクタヴィアの食い入るような視線に気づいたのか、ルーシャスは脱いだシャツをバサリと放り投げながら笑った。

「俺の裸はお気に召しましたか、マダム」

意地悪い質問に、オクタヴィアは顔を赤くしつつも夫を睨む。

「……美しいと思うわ」

ごまかしたり嘘をついたりしても良かったが、それもなんだか負けのような気がして、オクタヴィアは素直に心の裡を述べた。

どうやらその答えが意外だったようで、ルーシャスが一瞬目を丸くする。

「俺が？　まさか。美しいのはあなたの方だろう」

「え……」

オクタヴィアは驚いてポカンとした。夫の口から自分を褒める言葉が出てくるなんて、信じられない。呆気に取られていると、ルーシャスの手が伸びてきて、着ている物を手際良く剝ぎ取られた。

「え、あっ……」

ドレスのボタンを外す指も、シュミーズの紐を解く手つきも淀《よど》みない。手慣れた動きに複雑な気持ちになってしまったけれど、そこにムッとする間も与えられずに、生まれたままの姿にされてしまった。

頭のてっぺんから爪先まで、ルーシャスの視線が注がれているのを肌で感じて、オクタヴィアは思わず腕で胸を隠し、身体を捩る。

だがすぐにルーシャスに肩を摑まれ、体勢を戻された。

「駄目だ。ちゃんと見せろ」

「……あの、そんなに、見ないで……」

オクタヴィアは首元まで真っ赤にして懇願したが、ルーシャスはまったく耳に入っていないのか、満足するまで彼女の身体を観察した後、ボソリと呟いた。

「きれいだな」

「え……」

「染み一つないほど真っ白で……こんなに華奢《きゃしゃ》で……。触れたら壊れてしまいそうだ」

壊れてしまいそう、などと言うわりに、オクタヴィアの腹の上に手を置く。

男の手は大きく、温かくて、自分の肌の冷たさが浮き彫りにされたせいか、急に寒気を感じて、オクタヴィアはブルリと身を震わせた。

「寒いか」

そう言って腹に置いた手を動かし、円を描くように撫でさする。

「え、いえ……あなたの手が、温かいから……」

夫に裸の腹を撫でられる、という奇妙な状況に戸惑いつつ答えると、ルーシャスは「そうか」と頷くなり、大きな身体をずらし、オクタヴィアの柔らかな下腹にキスをした。

「……っ」

唇の濡れた感触に呼吸を止める。今キスをされている場所のすぐ下には金色の下生えの茂みがある。前回の行為でそこを舐められたことを思い出し、オクタヴィアは身悶えして夫から逃れようとした。

「おい、じたばたするな」

「だ、だめです！　そこに口をつけないで！」

前回はシャワーを浴びた後だったが、今日はまだ浴びていない。それなのにルーシャスの唇が触れるかと思うと、それだけで気絶しそうだった。

(無理よ、絶対にできないわ！)

そんな恥辱を受けるくらいならと、オクタヴィアは決死の覚悟で身体を捻る。うつ伏せになってしまえば触られないだろうと思ったのに、背後でルーシャスがくつくつと笑い出した。

「その体勢だと、食べてくれと言っているようなものだぞ」

「えっ」

焦る暇も与えられず、ルーシャスの両手に柳腰を摑まれて尻を突き出すような体勢にされてしまう。

「や……やぁあっ！」

あまりの恥ずかしさに悲鳴を上げ、ジタバタ脚を動かしていると、ぺちりと尻を叩かれて、思考が停止した。

「こら、動くな」

(お、お……お尻を……た、叩かれ……？　え……？)

お尻を叩かれたことはあるが、うんと小さな子どもの頃だけだ。十歳を超えてからは一度もないし、叩いたのも母か乳母かで、男性に叩かれたことなどない。

夫に尻を叩かれたという衝撃に、頭が付いてこない。

混乱して硬直していると、あらぬ場所にぬるりと生温い感触がして悲鳴を上げた。

「ひゃあっ！　あっ、……ぁあっ、だめ、あっ、ルーシャスっ！」

オクタヴィアの混乱など知ったことかとばかりに、ルーシャスが口淫を始めてしまった。

舌の腹で陰唇を覆うように舐られて、ゾクリと腰が震える。ルーシャスは舌を尖らせて、蜜口の周りへと這わせた。擽られるように浅い部分を弄られると、下腹の奥がカッと熱くなる。

（……ああ、どうしよう……）

またあの感覚だ、とオクタヴィアは夫の愛撫に四肢を戦慄かせながら思った。初夜の時、ルーシャスに触れられると、身体が熱したハチミツのように蕩けて上手く動かせなくなったし、頭の中もぼうっとしてしまって、ちゃんとものを考えられなくなってしまったのだ。

（閨事のことはまだよく分からないけれど、最初の時は、あまり貴婦人らしくできなかった気がするわ）

また今回もそんなことになってはいけないと、オクタヴィアは必死で身を捩った。

すると動こうとする彼女を罰するように、ルーシャスの舌が一番敏感な肉の芽を捕らえる。

「ひぁっ！　ぁあっ、んっ……やぁ、それ、弄っちゃ……！」

包皮の上から捏ね回されて、強烈な快感に目の前に火花が散った。甲高い声で啼《な》くオクタヴィアに、ルーシャスは追い打ちをかけるように、指の腹で包皮を剝くと、露わになった真珠に吸い付いた。

「ひ、……！」

バチ、と身体の芯が弾け飛ぶ感覚に、背中が弓なりに反りかえる。ルーシャスはまだ陰核を舐め転がしていて、その小刻みなリズムに合わせてドクドクとオクタヴィアの心臓が早鐘を打った。目が眩《くら》みそうな快感に、奥の奥が融けて潤む。

「あ、ああ、も、……る、しゃ……！」

与えられる愉悦《ゆえつ》に頭の中が白くなっていき、オクタヴィアは舌足らずに夫を呼んだ。ルーシャスはその返事の代わりに、散々嬲られてパンパンに膨れ上がった陰核に歯を当てる。

「——ああぁっ……！」

びくびく、と白い肢体を大きく痙攣《けいれん》させ、オクタヴィアは高みに駆け上がる。

愉悦の名残《なごり》に揺蕩《たゆた》いながら、ゆっくりと弛緩《しかん》させていく妻の身体を、ルーシャスがくるりとひっくり返して仰向けに戻した。

「……え……？」

　まだ快感にぼんやりとしたまま、オクタヴィアが目を開けると、ルーシャスが膝を立てて開かせた脚の間に陣取っていた。開いた脚の間から、とろりと蜜が溢れ出して、後孔に伝い落ちる感覚がする。

「ぬるぬるだな」

　ルーシャスが笑いを含んだ声で言って、そそり勃《た》った雄芯を花弁に擦りつける。

「いくぞ」

　短い宣言と同時に、硬い熱杭がずぶりと一気に蜜路に突き入れられた。

「あああああっ」

　濡れてはいてもまだ狭い蜜筒に、太い肉杭を深く呑み込まされて、圧迫感にオクタヴィアは喘《あえ》ぐ。それでも自分の内側が、押し入ってきたルーシャスを歓待しようと、健気に戦慄いているのを感じた。

（――ああ、私、嬉しい……）

　ルーシャスに触れていることが。触れられていることが。

　どんなにぞんざいに扱われても、こうして彼と肌を重ねてしまえば、今この幸福のためなら日頃の恨みを我慢しようと思えてしまう。

　我ながらばかだと思う。

（……でも、それでも、私はこの人が好きなんだわ……）

悲しいのか、嬉しいのか、自分でもよく分からない感情に涙が浮かんだ。すると大きな手が伸びてきて、目尻に滲《にじ》んだ涙を拭ってくれた。

オクタヴィアの頭の両脇に肘を置いたルーシャスが、こちらを見下ろす。額にうっすらと浮いた汗のせいか、その美貌に凄絶な色香が漂っていた。

なんて美しい男なのだろう、と思う。視線が絡むと、金の瞳がハチミツのようにとろりと蕩けた。この宝石のような目を独り占めしたい。

夫の熱い吐息が額にかかる。誰かの呼気を肌の上で感じるのが、こんなにも切ないことだなんて、知らなかった。

「ヴィア」

名前を呼ばれるだけで、自分の内側が震えるのが分かる。自分の名前を呼ぶ彼の声が、どうしてこんなに愛しく感じるのか。

ルーシャスの唇が、自分の額に、瞼に、頬に落とされ、最後に唇に被さった。唇同士を擦り合わせ、柔らかく食まれる。優しい愛撫の一方で、下腹部は獰猛な雄杭で雌孔を侵されている。

ルーシャスは、滾《たぎ》り切った己の高ぶりをオクタヴィアの隘路に根元まで収め切った後、妻の華奢な身体を抱き締めてくれた。

「辛くないか」

唇を離したルーシャスが訊いてきたので、オクタヴィアは首を横に振った。

破瓜の時のような痛みはない。とはいえ、蜜筒を満たす雄竿は内臓を圧迫していて苦しいくらいだ。それでもルーシャスが中にいるのだと思うと、苦しさは満足に変わった。

「……嬉しい」

自分の想いがどう言えば伝わるのか分からず、ただ、今の気持ちを述べると、ルーシャスがくしゃりと困った子どもを見るような目で笑う。

「こっちは必死で余裕ぶってるのに、無邪気に煽ってくるものだな」

意味が分からず首を傾げると、ルーシャスはまたキスを一つ落とした。

「あなたはそのままでいいさ」

あなたは、という言葉に、ちくりと胸が痛んだ。

（わたしは、って……他の人はそうじゃないってこと？）

チラリと頭を過《よぎ》る女性たちの影を、オクタヴィアは目を閉じて必死に追いやる。

ルーシャスに抱かれている今この時は、幸せだけを感じていたかった。

「動くぞ」

ルーシャスが呟き、律動が再開される。

「つ、ぁ、ぁあっ、ふ、ぁっ」

硬い切先で媚肉を抉られる度に、自然と嬌声《きょうせい》が漏れた。自分の喉からこんな甲高い声が出るなんて、ルーシャスに抱かれるまで知らなかった。

ルーシャスが腰を打ち付けるリズムで、接合部から粘着質な水音が立つ。それを恥ずかしいと思う余裕はもうなかった。

自分の一番奥にルーシャスの熱杭の先が当たるのを感じる。トン、トン、とそこをノックされるように突かれると、重怠《おもだる》く、鈍い痛みがお腹の中にじんわりと広がっていった。

それはいつの間にか痛みから快感へ変わり、まるで麻薬のようにオクタヴィアの思考を白く濁らせていく。

「あ、ああっ、奥、きもち、い、ああっ、ルーシャス……」

激しく揺さぶられ、もみくちゃにされながら、夫の名前を呼んだ。自分をめちゃくちゃにしているのが彼なのだと分からせてほしかった。

「ヴィア、ああ……顔を見せて」

快楽に善がる自分の顔は、さぞかしみっともないだろう。それなのにルーシャスは、乱れて顔にかかるオクタヴィアの金の髪を指で退かし、うっとりと妻の顔を覗き込んだ。

「ああ、可愛い……」

快楽に朦朧《もうろう》とする中でもその言葉が嬉しくて、オクタヴィアの胸がきゅんとなった。それに合わせて、自分の内側がきゅうっと彼を食い絞めるように蠢くのが分かる。

「ああ、ヴィア……っ」

ルーシャスが呻き、一層激しく腰を打ち付け始めた。

「あっ、ああっ、い、ぁ、ああっ」

抉るような抽送に、快感が火花のように散った。

悲鳴のような声で啼きながら、オクタヴィアはじわじわと愉悦の波が近づいてくるのを感じる。それは熱く、白い解放だ。内側を苛む熱い疼きが溜まりに溜まって、白い花火のように爆発するのだ。

その時に向けて疾走しながら、オクタヴィアはルーシャスの背中に腕を回した。

「ヴィア！」

ルーシャスが吼《ほ》えるように言って、鋭く重い一突きでオクタヴィアを串刺しにする。その瞬間、オクタヴィアは意識ごと高みに放り上げられた。

「――あぁ……」

自分を抱き締める夫の腕の力強さを感じながら、オクタヴィアはゆっくりと目を閉じた。

＊＊＊

二度目の情事の後、ルーシャスに腕枕をされてぐったりとベッドに横たわっていると、寝室にノックの音が響いた。オクタヴィアは驚いたが、ルーシャスは平気な顔で「何だ」

と用件を聞いた。

するとローランドの遠慮がちな声が聞こえてくる。

「お邪魔してすみません。ですが、ケイトリン様から連絡が来まして……」

出てきた名前に、オクタヴィアの心臓が嫌な音を立てる。確かにケイトリンと聞こえた。

宝石店で会った、妖艶な美貌が頭に浮かぶ。息を凝らすようにして彼らの会話に耳を澄ませていると、ルーシャスが不機嫌そうな声で言った。

「用件は？」

「それが……すぐにお会いしたいとのことで」

「……分かった。五分で出るから準備をしておけ」

ルーシャスの台詞に、驚きすぎて悲鳴を上げるところだった。

（嘘でしょう？　このタイミングで、愛人のところへ行くの？）

先ほど浮気は嫌だとあれほど訴えたというのに。おまけに、今は夫婦の情事の直後である。その妻を放って、愛人に呼び出されたから会いに行くのか。

夫の正気を疑ったが、ルーシャスは当然のような顔でベッドから出ていこうとする。オクタヴィアは慌てて彼の手を摑んで止めた。

「どこへ行くのですか？」

ルーシャスは驚いた顔をしたが、淡々と告げる。

「あなたには関係ない」

にべもない返答に、しかしオクタヴィアは負けなかった。ここで負けてはいけない。

「ケイトリンと言いましたね。タウンゼント公爵令嬢と、どういうご関係なのですか？」

キッと睨みながら詰問すると、ルーシャスはあからさまに不機嫌な表情になった。

「……なぜあなたが彼女を知っているんだ？」

「し、知っているというか……。買い物に出かけた際に立ち寄った宝石店で声をかけられて、ご挨拶をしたのです。公爵令嬢様が、あなたにお世話になっている、と意味深長な言い方を……」

あなたの愛人が挨拶をしてきたのだ、とイヤミのつもりで婉曲に言ったが、ルーシャスはそれをきれいに無視した。

「彼女には近づくな」

「そ、そう言われても、私が近づいたわけではありませんし……」

向こうが近づいてくるのに、なぜ責められなくてはいけないのか。

(あ、あなたが愛人の管理をちゃんとしていないから、こんなことになるのでしょう！)

「タ、タウンゼント公爵令嬢とは、どういったご関係なのです？」

オクタヴィアはもう一度訊いた。一度言っても分からないのなら、もう一度しっかりと釘を刺さなければ。夫婦は相互理解だ。何度も繰り返し言えば、オクタヴィアの気持ちを理解し受け止めてくれる可能性もあるはずだ。

ドキドキしながら返事を待つオクタヴィアに、けれどルーシャスは無情だった。

「あなたが知る必要はない」

切り捨てるような言い方が、心臓に突き刺さる。オクタヴィアは戦慄く唇を噛み、泣き出しそうになる衝動を堪えた。

(知る必要はないって……あなたに愛人がいることを、知っていて知らないふりをしろと言っているの？)

「……あなたが愛人を持つのが嫌だと、私、言ったでしょう？」

震える声で訴えると、ルーシャスは煩《わずら》わしげに舌打ちをした。

「その話はもう聞いた」

「それならどうして……！」

「同じことを何度も言うな。俺には無駄なことを議論する時間はないんだ」

「ルーシャス！」

取り合おうとしない夫に焦《じ》れて声を張り上げるオクタヴィアに、ルーシャスは深いため息をつく。

「言っておくが、俺が誰と会おうが、あなたがとやかく言う権利はない」

はっきりと突きつけられて、オクタヴィアの心が折れそうになる。だが今ここで涙を流したくはなかった。そんな姿をこの男にだけは見られたくない。

オクタヴィアは奥歯を噛み締めると、キッとルーシャスを睨む。

「……っ、なら、私も同じだわ！」

「なんだと？」

「あなたが愛人を持つと言うなら、私も持ちます！　それなら公平だもの！」

自分の気持ちを理解してほしくて言った台詞だ。配偶者に愛人がいるということを、少しでいいから想像してほしかった。

だが言い終える間もなく、ルーシャスに肩を掴まれ、ベッドに仰向けに引き倒された。

何か起きたのか分からないまま目を開くと、ルーシャスが片手でオクタヴィアの顎を掴み、こちらを見下ろしていた。

彼は無表情だったが、金色の瞳が底光りしていて、ゾッとするような迫力があった。

「あなたは俺に金で買われたんだ。そんな権利があると思っているのか？」

静かに突きつけられたのは、まぎれもない現実だった。

（そうね。あなたにとって私は、三百万グラードで買った、ただの「物」に過ぎない……）

オクタヴィアは言葉に詰まり、ルーシャスから目を逸らした。

逆らっていた妻が大人しくなったことに満足したのか、ルーシャスはオクタヴィアの顎から手を離すと、ガウンを羽織りながら踵を返した。そのまま部屋を出ていこうとしたが、一度振り返り、とどめとばかりに言い捨てる。

「当面の間、外出禁止だ」

夫に放置され一か月引きこもっていた妻が、ようやく外出したその矢先に出た台詞がこれである。あまりの横暴さに、目が点になる。

「な……そんな、なぜ!?」

「黙れ」

問答無用とばかりに言い捨てると、ルーシャスはスタスタと寝室を出ていった。

＊＊＊

「暴君もいいところじゃないかしら……?」

二度目の夜のことを思い出し、オクタヴィアは悶々としながら唸る。

外出禁止令が出て——軟禁生活は七日目を迎えていた。

「もうすっかり冬ね……」

白い息を吐き出しながらそぞろ歩くのは、ナイツ・プライド・ホテルの中庭だった。

ホテル専属の庭職人たちによって丁寧に手入れされた庭は、花のない真冬でも十分に美しい。芝が植えられた広々とした庭園は、中央に大きな噴水を配したシンプルな構成ながらも、周囲には沈丁花《じんちょうげ》や薔薇、椿《つばき》といった花の咲く木々が植えられていて、春になるとさぞかし美しいのだろう。

次の春へ思いを馳せても、心の中のもやもやはなくならない。愛人に鉢合わせることがないようにと、夫から軟禁されている以上、ホテルの外にも出られないのだから。

（……このホテルはとても広いけれど、さすがにもう飽きてしまったわ。どうして私が外出禁止にならなくちゃいけないのかしら……？　ケイトリンに会わせたくないというなら、彼女の方に近づかないように言えばいいだけなのに）

愛人には自由を許して、妻には許さないということなのか。

なんて不公平なのだろう、と腹を立ててみたところで、所詮自分は金で買われた賞品妻だ。愛しい愛人の方が大切に決まっている。

何もかもが虚しくなって、オクタヴィアは噴水の縁に腰かけた。大理石でできた水場はヒヤリとしていて、足元から這い上がるような寒さだったけれど、それすらもどうでも良かった。

自分がこうしてホテルに軟禁されている間、ルーシャスは外でケイトリンとの逢瀬を楽しんでいるのだろうか。二人が寄り添う姿を想像して、胸が締め付けられる。

（……そんなの嫌だわ。私が、妻なのに……）

どうしてルーシャスは自分を見てくれないのだろう。どうして、傍にいてくれないのか。

——買った妻だから。愛がないから。

自分の問いへの回答はいくつも容易く出てくるのに、それを受け入れたくはなかった。

外出禁止令を出されて以来、ルーシャスとはまともに話をしていなかった。前のように外国へ行っているわけではなく王都に留まっているようで、ホテルにも帰って来ているらしいが、オクタヴィアとは顔を合わせないようにしているのか、ほとんど会うことがない。

たまに会えた時に話しかけてみるも、「悪いが今忙しい」と断られるばかりだ。

自分を振り返りもしない大きな背中を、何度見送ったことだろう。

（……やはり、避けられているのよね……）

ルーシャスにとってオクタヴィアの価値とは、『侯爵の娘であること』だけなのだろう。

貴族の娘と結婚して箔《はく》がついたことで、もう既に貴族しか出入りできなかったような場所にも入ることができるようになったのか。社交界シーズン中であれば、オクタヴィアと一緒に夜会に参加したりする機会もあるだろうが、今はシーズンオフだから、一緒に行動する必要がない。

（……賞品妻だもの。仕方ないわ）

そう自分に言い聞かせながら、コートのポケットから取り出したのは、金色の猫睛石のついたカフスボタンだった。あの宝石店で買ったものだ。

不愉快なことを思い出してしまうから見ないでしまい込むつもりだったけれど、やはり気になってこうして持ち歩いてしまっている。

とはいえ、カフスボタンだ。男性用で、自分は使えない。そもそもルーシャスに買ったものなのだから、さっさと彼に渡してしまえばいいのに、オクタヴィアはずっと渡せずにいる。彼の目とよく似たこれを持っていると、なんとなく安心できるからだ。

（……ばかみたい、私。いくらルーシャスの瞳に似ていても、これは彼じゃないのに）

こんな状況でも、オクタヴィアはルーシャスとの結婚を、良いものにしたいと願っていた。理解し合って、彼に寄り添いたかった。

（私は、あなたを愛したい。あなたに愛されたい。愛し、愛される夫婦になりたい……）

こんな考えはもしかして子どもっぽいのだろうか。大人の女性であるケイトリンならこんなことは思わないのだろうか。

我ながらばかだと思う。こんなふうに扱われてもなお、ルーシャスの妻でいたい、本当の妻になりたいと願っているのだから。

だが彼は、自分ではなく別の女性を愛し、大切にしている。

情けなくて、切なくて、瞼がじんと熱くなる。目尻から溢れた涙を拭おうとして、かじかんだ手からカフスボタンがポロリと零れ落ちた。

「あっ……！」

ポチャン、と水音が立ち、金色のボタンが噴水の中へと沈んでいく。

焦ったオクタヴィアは咄嗟に手を伸ばし、体勢を崩した。

身体が傾ぐ。驚いている内にも手が冷たい水の中に沈んだ。

（――あ……）

まるで時間がゆっくり進んでいるように感じられた。

真冬の噴水の水は氷のようで、肘が浸かる頃には身体の芯まで固められたように動かなくなった。

顔が水に沈み、驚いたせいで鼻から、口から水を飲んだ。

肺に水が入って噎《む》せ返るのに、水の中だから咳もできない。呼吸もできない。

苦しくて、冷たくて、自分が溺れているのだと、どこか他人事のように思ったのを最後に、オクタヴィアの意識は水底に落ちた。

＊＊＊

息が苦しくて、オクタヴィアは藻掻《もが》くようにして意識を浮上させた。

身体が燃えるように熱い。それなのに、ゾクゾクとした悪寒に身体がガタガタと震えている。息苦しいのに、肺が痛くてまともに空気を吸えない。喘ぐような呼吸を繰り返しながら、オクタヴィアは祈る。

──助けて。苦しい。誰か。

この苦しみから救い出してほしいと手を伸ばしかけて、自分にはその手を握ってくれる人がいないと気がついた。優しかった母はすでに亡く、頼りだった父も今は家の再興に手一杯で娘にまで手が回らないだろう。社交界で仲良しだった人たちは、オクタヴィアの実家が落ちぶれたことを知ると、多くが離れていった。

──ルーシャス……。

頭に浮かぶのは、夫となった美しい男性だ。頭の中のルーシャスが口を開く。

『俺が誰と会おうが、あなたがとやかく言う権利はない』

夫の言葉は、いつもオクタヴィアをズタズタにする。悲しくて、悔しくて、オクタヴィアは泣きたかったけれど、笑った。

──そうよね、私には、そんな権利はない。

『あなたは俺に金で買われたんだ』

──ええ、そうね。分かっている。

ルーシャスにとってオクタヴィアは金で買った『賞品』でしかない。だからオクタヴィアを愛するわけがないのだ。オクタヴィアが苦しんでいるからといって、助けに来てくれるはずがないのに。

それなのに、ルーシャスを思い浮かべる自分が愚かで、情けなくなった。

諦めて開きかけていた瞼を閉じると、額に大きなものが覆い被さってきた。それはオクタヴィアの皮膚に触れたかと思うと、ビクッとしてすぐに離れていった。

「――なぜ熱が下がらないんだ！」

誰かが叫んでいる。太い、男の人の声だ。

「打つ手がないとはどういうことだ！　ふざけるな！」

叫び声があまりに大きく、オクタヴィアは朦朧とする意識の中でも、怖いと思った。

怒声に応えるのは、落ち着いた男性の声だ。

「肺に水が入って、肺炎を起こしておられます。高熱はそのせいでしょう。熱冷ましの注射はできますが、身体の中の悪い菌を殺す薬がないのです。もう私にできることはありません。後は奥方の体力次第としか……」

「黙れ！」

また怒声がして、ガシャンと何かが壊れる音がする。

「薬がないだと!?　この役立たずが！　おい、誰か！　このヤブ医者を放り出して、まともな医者を連れてこい！」

怒鳴っているのに泣きそうに聞こえて、聞いているオクタヴィアは不思議に思う。この人は怒りながら泣くのだろうか。

――怒らないで……。

心で思ったはずなのに、その人はすぐに気づいて手を取ってくれた。温かく大きな手だった。乾いた皮膚の感触に、心がホッと解れるのを感じる。

「すまない、あなたに怒ったんじゃない。……ああ、オクタヴィア、可哀想に。俺が代わってやれたらいいのに」

オクタヴィアの手を両手で握り締め、その人は祈るようにそう言った。

（……こんなふうに、ルーシャスもしてくれたらいいのに……。私に優しい声をかけて、私を見つめてくれていたら……）

幸せな妄想に、オクタヴィアはうっすらと目を開く。涙の膜が張っているのか、視界はぼやけていたけれど、そこには男の人の顔があった。歪んで見えたその顔が、夫のものに似て見えたのは、願望が見せた幻だろう。

（幻でもいいわ……）

幻でも、傍にいてくれるなら。

大きな手で髪を撫でられ、その心地好さにうっとりとなる。

「……傍にいて……」

か細い声で呟いて、オクタヴィアはまた深い眠りへと落ちていった。

第四章　薔薇《ばら》を育てる男

目を開くと、メイドが心配そうにこちらを覗き込んでいた。

「オクタヴィア様！　お目覚めになられたのですね！」

「……シル、ヴィア？」

オクタヴィアの五人のレディーズメイドの内の一人だ。今日は彼女の日だっただろうか、とぼんやり考えていると、シルヴィアがボロボロと涙を流し始める。

「うう、オクタヴィア様……良かった……本当に良かったですぅ……うう！」

「ど、どうしたの？　なぜ泣くの？」

起き抜けにいきなり泣き出されて、オクタヴィアは驚いて身体を起こそうとした。だが身体は鉛《なまり》のように重く、まともに動かせなくてまた驚いてしまう。

「あ、あら……？　私……」

そういえば声もなんだか掠《かす》れていて喉の調子が悪い。どこもかしこも具合が悪く、自分はどうなってしまっているのかと首を傾げていると、シルヴィアが血相を変えて言った。

「いけませんよ、ちゃんと寝ていないと！　オクタヴィア様は、噴水に落ちて肺炎を起こし、一週間も寝込んでいらしたんですから！」

「え、ええ……!?」

知らされた事実にまた更に驚きつつも、頭の中を探れば噴水に落ちた時の記憶がおぼろげに蘇る。

（あ……そうだわ。私、カフスボタンを落として……）

咄嗟に拾おうとしてバランスを崩し、噴水の中に落ちたのだ。冷たくて苦しかったのを最後に、記憶が途切れている。噴水に落ちたくらいで肺炎なんて起こすものだろうか、と思ってしまったが、この倦怠《けんたい》感は確かに病み上がりのものである。

（……なんだか、ルーシャスが傍にいてくれたような……。夢だったのかしら……）

手を握って優しい言葉をかけて、看病してくれた気がするのだが、果たしてルーシャスがそんなことをするだろうか。

「……ルーシャスは？」

そっと訊ねると、シルヴィアはサラリと答えた。

「お仕事で、また数日お戻りにならないそうです」

「……そう」

（やっぱり、夢ね。彼が私の看病なんかするわけがないじゃない）

――ケイトリンにだったら違うかもしれないけれど。

そんな皮肉っぽいことまで考えてしまい、自分への嘲笑が漏れたが、シルヴィアには気づかれずに済んだ。醜い自分はできるだけ隠しておきたいものだ。

「オクタヴィア様、すりおろしたリンゴはいかがですか？」

シルヴィアが懸命に看病してくれるのを嬉しく思いながら、オクタヴィアは「ええ」と微笑んで頷いた。


数日後、オクタヴィアの体調はすっかり良くなっていた。

それもメイドたちによる献身的な看病と、身体が弱っていても食べられる病人食を作ってくれたシェフのおかげだ。ルーシャスが手放しで褒めるだけあって、このホテルのシェフの腕は一級品だ。消化の良い病人食でも美味しさが損なわれず、オクタヴィアはもりもりと食べることができた。

（シェフにお礼を言いたいわ）

ベッドから出ることができない間、オクタヴィアの一番の楽しみは食事だった。元気を取り戻すことができたのは、半分以上シェフのおかげなのだから。傍にいてくれるメイドたちには礼を言ったけれど、普段顔を見ることのないシェフにはまだ言えていない。

「よし、今のうちね」

夜着に厚めのガウンを羽織り、オクタヴィアは寝室を抜け出した。少々はしたない恰好だが、このガウンはコートのように分厚いから、肌が見えるようなことはないし、ホテルの宿泊客に見つからないルートも覚えているから大丈夫だろう。

今日付いてくれているメイドはサローネで、オクタヴィアの身体の清拭《せいしき》を終えて道具を片付けに行っているから、今がチャンスだ。

メイドに言えば、オクタヴィアが厨房に行くのではなく、シェフをこの部屋に呼べばいいと言い出すのが分かっていたのでこっそり行きたかったのだ。

エレベーターで一階まで降りると、数名の従業員に見つかったが、唇に指を当てて「内緒」のジェスチャーをすると、心配そうな顔をしたが見逃してくれた。そのままこっそり厨房へと向かうと、ちょうど休憩時間だったようで、数名の若いコックたちが調理台の傍で焼き菓子の味見をしているところだった。

「こんにちは」

オクタヴィアが声をかけると、コックたちは一様にビックリした顔をした。

「オ、オーナー夫人!?」

「ど、どうされたのですか、こんなところへ！」

「もうお身体は大丈夫なのですか？」

普段あまり交流のない従業員にまで心配され、オクタヴィアは胸が熱くなってしまった。

「ありがとう。美味しい病人食のおかげで、もうすっかり良くなったの。だからシェフに直接お礼が言いたくて……」

オクタヴィアの言葉に、コックは急いでシェフを呼んできてくれた。

「これはこれはオーナー夫人！　わざわざこんな場所まで！」

「シェフ、私が病気の間、美味しい病人食を本当にありがとう。おかげで早く元気になれたから、どうしてもお礼を言いたくて」

オクタヴィアの感謝の言葉に、シェフはいたく感動してくれたようで、恐縮しつつ満面の笑みを浮かべてくれた。

「そんな、当然のことをしただけです。病気の夫人に料理人ができることなど、それくらいですから」

「本当にありがとう。とっても美味しかったわ」

しばらく、皆と微笑みながら話をしていたが、唐突に雷のような声が響いた。

「ここで何をしているんだ！」

あまりに鋭い怒声に、和やかだった厨房は一気に静まり返る。

皆が振り返った先には、憤怒《ふんぬ》の形相をしたルーシャスの姿があった。

「ル、ルーシャス……」

獅子のような目は、まっすぐにオクタヴィアに向けられている。

怒りの矛先が自分に向けられていると分かり、オクタヴィアは怯えながらも首を捻った。

「あ、あの、美味しいお食事のお礼を……」

おずおずと答えたが、それが余計に癇《かん》に障ったのか、ルーシャスはますます眦を吊り上げる。

「病人がフラフラと出歩くなんて、頭がおかしいのか！　こいつらの仕事の邪魔になるから、大人しく部屋で寝ていろ！」

腕を摑んで怒鳴られ、オクタヴィアは驚きと恐怖で涙がブワッと込み上げた。

大勢の人が見ている前で夫から大声で罵倒されて、自分が情けなくて悔しかった。

（……なぜ、そんなことを言われなくてはならないの……？）

彼らが働いているところを邪魔しているならともかく、今は休憩中だった。頭ごなしに怒鳴られるいわれはないはずだ。

涙腺は崩壊し、涙がボタボタと頬を伝い落ちていく。

言葉もなくただ涙を流すオクタヴィアに、ルーシャスはギョッとした顔になった。オクタヴィアの腕を摑んでいた手も、熱いものに触れた時のようにパッと放す。彼はそのまま呆然とオクタヴィアの顔を見た後、クルリと踵を返して厨房を出ていってしまった。

ルーシャスの姿がなくなると、シェフが気遣うように手拭いを差し出してくれる。その優しさに甘えるようにして、オクタヴィアは手拭いに顔を埋め、本格的に泣き出してしまった。

オクタヴィアがすすり泣く間、皆は黙ったまま飲み物やお菓子を目の前に置いてくれる。なんとかして慰めようとしてくれているのが分かったが、涙を止めることはできなかった。

「……夫人……」

「ごめんなさい、泣いたりして。子どもじゃないのに、恥ずかしいわ。私、もう戻るわね。これ、お借りします。ありがとう」

ひとしきり泣いた後早口にそう言って、オクタヴィアもまた厨房を出た。彼らの同情するような視線が、どうしようもなく痛くて、悲しかった。

部屋へ帰ろうと思ったが、もしかしたらルーシャスがいるかもしれないと思うと、とてもではないが行く気になれない。かといってこのガウン姿では行く場所もなく、オクタヴィアは仕方なく従業員用の階段をトボトボと上がることにした。

いつもエレベーターを使っているから階段を上がるのは初めてだったが、ここならルーシャスと鉢合わせることはないだろう。

病み上がりの身体で息切れしないように、慎重にゆっくり階段を上がっていると、途中の踊り場に白っぽい色をした何かが落ちているのに気がついた。そっと指で抓《つま》み上げると、それはクリーム色に濃いピンクが混じった、本物の薔薇の花びらだった。

「造花じゃない……本物だわ。こんな冬に薔薇なんて、どうやって……」

どこかの温室の薔薇をもらってきたのだろうか。温室なら冬でも薔薇を咲かせることができるらしいが、残念ながらこのホテルに温室はない。

「どこから届いた薔薇なのかしら……」

そっと匂いを嗅ぐと、芳《かぐわ》しい薔薇の香りがして、うっとりとした。

「花びらだけでこんなにも香るなんて……いつか咲いているのを見てみたいわ」

悲しかった出来事で落ち込んだ気持ちを、この薔薇の花びらに少しだけ慰められた気がして、オクタヴィアは微笑んだのだった。

＊＊＊

それからの数日間、オクタヴィアは戦々恐々として過ごした。ルーシャスと顔を合わせるのが嫌だったのだ。怒鳴られたことに腹を立てていたし、悔しいけれど怒鳴り声が怖かった。泣いてしまった自分が恥ずかしいのもあった。ルーシャスに「たかがあれくらいで」と思われているのではないかと思うと、悔しくてむかむかしてしまう。

だがそんな警戒は無用だったようで、ルーシャスはオクタヴィアに顔を見せることはなかった。以前のように外国へ行っているわけではなく、ホテルの中で生活はしているようだが、夫婦の部屋のある最上階に来ることはほとんどなく、一階にある事務仕事をするための執務室に籠《こも》っているらしい。

ルーシャスに会わずに済んでいることにホッとしている自分と、悲しいと思う自分がいて、なんとも複雑な心境だ。

（ルーシャスに会いたいのか、会いたくないのか……）

矛盾する感情を持て余す自分に呆れてしまう。

ルーシャスと結婚するまで、自分はこれほど面倒な人間ではなかった気がする。オクタヴィアにとって世界はもっと明確で、正しくて、単純なように見えていた。

（世界が変わったのか、私が変わったのか……）

どちらなのかは分からないけれど、世界にも、そして自分自身にも振り回されることに、オクタヴィアは疲れ始めていた。


そんなある日、オクタヴィアはホテルの一階の廊下でリリアナとすれ違った。

レディーズメイドは当番制なので、リリアナに会ったのは四日前になる。

「リリアナ、久しぶり」

オクタヴィアは微笑んで声をかけた。久しぶりと言うほどではないが、以前数日会わなかったメイドに冗談でそう言ったらなぜか大変受けたため、当番でない専属メイドに会った時はそう挨拶するのがお約束のようになってしまったのだ。

オクタヴィアに気づいたリリアナが笑顔を浮かべて駆け寄ってきた。

「オクタヴィア様、お久しぶりです！」

リリアナは手に掃除道具を持っていて、どこかの部屋を掃除していたのだと分かった。

「お掃除？」

「ええ、そうなんです。今日はオーナーの執務室を」

「大変ね」

この廊下の先にはルーシャスの執務室がある。オクタヴィアは滅多に近づかないが、従業員たちはわりと頻繁に出入りするようだ。

軽くお喋りしていると、ふわりと花の香りが漂ってきて視線を下げる。見れば、リリアナの持つ掃除道具のバケツの中に、束になった薔薇が入っていた。花びらが開き切っているので、盛《さか》りを過ぎて枯れかけているのを処分するところなのだろう。

「あら……この薔薇」

オクタヴィアは茶色くなりかけている薔薇を見て手を伸ばした。するとリリアナが「あぁ」と薔薇がよく見えるようにバケツを持ち上げてくれる。

「オーナーの部屋に飾ってあったんですけど、さすがに枯れてきてしまっていたので……」

「これ……この間階段に落ちていた花びらと同じ薔薇かもしれないわ」

リリアナは枯れた薔薇の中でも状態の良さそうなものを一本選び、抜き取って渡してくれた。

「階段ですか？」

「ええ、ほら、厨房の近くにある従業員用の……」

オクタヴィアが説明すると、リリアナは「ああ」とすぐに頷く。

「屋上の階段ですね」

「屋上の階段？」

「ええ。あそこの階段からしか屋上に行けないんですよ。だからみんなそう呼んでいるんです」

オクタヴィアは「へえ」と相槌を打ちながら、薔薇の花の匂いを嗅いでみる。枯れかけていても、とてもいい香りがした。

「この薔薇、香りがいいわね。私、この香り大好きよ。昔、おじい様のお屋敷の庭に咲いていた薔薇がこんな香りだったの。懐かしいわ」

「おじい様というと、前のノースクリフ侯爵様ですか？」

「いいえ、お母様方のおじい様。だから前セントルイス伯爵ね」

オクタヴィアが答えると、リリアナはパッと顔を輝かせる。

「もしかして、あの『薔薇伯爵』ですか？」

リリアナの指摘に、オクタヴィアはふふっと笑った。

「すごい、よく知っているのね。そうよ、『薔薇伯爵』は、私のおじい様」

母方の祖父であるセントルイス伯爵は薔薇を育てるのが趣味で、自分で品種改良までやってしまうほどの人だった。数年前この国で開かれた万博で、自分の作った数多くの薔薇を寄贈したことで『薔薇伯爵』として有名になったのだ。

「子どもの頃、よくおじい様の薔薇を見せてもらったわ。おじい様の手はまるで魔法のように薔薇を咲かせるけれど、私は全然だめ。自分で育ててみたいからとワガママを言って、挿し木とか種とかをもらったりしたのだけど、咲かないどころか、芽すら出なかったの」

オクタヴィアは優しかった祖父のことを思い出しながら、昔を語る。そういえば、あの薔薇はどうなっただろうか。祖父はもう亡くなったので、叔父が伯爵家を継いでから、しばらくあの屋敷に行っていない。

「薔薇は育てるのが難しいって言いますからねぇ」

「……でも、ルーシャスも花を愛でたりするのね」

ルーシャスが部屋に花を飾るなんて意外だった。そういうものに心を動かされないタイプの人だと思っていたから言ったのだが、リリアナは驚いたような顔になった。

「えっ、オーナーは花がお好きですよ。薔薇をご自分で育てておられるくらいに！」

「ええっ!?」

今度はオクタヴィアが驚く番だった。ルーシャスが花を育てる様子を想像しようとしたが、そんな彼の姿はまったく頭に浮かんでこない。

「この薔薇も、ご自分で育てておられるものだと思います」

「育てて……って、嘘でしょう？　どこで？」

「温室ですよ」

「でも庭には温室なんてどこにも……」

外出禁止令を食らって以来、オクタヴィアはこのホテルを散々歩き回ってきたが、温室らしき建物など見たことがない。

「屋上ですよ。庭だとお客様の目についてしまうからと、オーナーは屋上に自分専用の温室をつくっておられるんです」

「お、屋上に……！」

それは見つけられないはずだ、とオクタヴィアは納得する。

ホテルの建物内や庭を散策することはあっても、屋上に行ったことはなかった。

「屋上に温室……私も行っていいのかしら？」

この芳しい薔薇が咲いているところを見たいというだけではなく、あのルーシャスが薔薇を育てているということに、俄然興味が湧いた。理屈っぽく、人の気持ちを理解しようとしないあの暴君が、そんな繊細な趣味を持っていたなんて、意外すぎて理解が追いつかない。

オクタヴィアの問いに、リリアナはきょとんとした顔をした。

「いいに決まってますよ！　従業員もみんな入れますもの！　土を持って来いだの、肥料を運べだのってよく言われますし！」

それなら自分がだめということはないだろう。オクタヴィアはホッとして、その足で屋上へと向かった。


薄暗く長い階段を上がり切ると、重そうな金属の扉が見えた。従業員用の階段というだけあって、なんの装飾も施されていない朴訥《ぼくとつ》とした扉だ。鍵はかかっておらず、オクタヴィアは重い扉のドアノブを持ち、体重をかけて押した。

ギュイ、と獣の鳴き声のような音がして、重たい扉が開く。

目に飛び込んできた外の光が眩しくて、目を細めた。冷たい風に頬を撫でられ、上を見上げると重たく垂れこめる灰色が見える。この国の冬の空の色だ。

今にも白いものが降って来そうなその色から目を逸らして辺りを見回すと、ガラス張りの建物があるのに気がついた。

「――温室。本当に、あった……」

呟くと、呼気に合わせて白い息が流れて消えた。

リリアナの言葉を疑っていたわけではないけれど、あのルーシャスが薔薇を育てているなんて信じられなかった。ゴクリと唾を呑んで温室に近づいていくと、中に人がいるのが見える。背格好からして老人のようだった。

人がいることを想定していなかったオクタヴィアは、狼狽えて足を止める。リリアナは許可なく見てもいいと言っていたけれど、そうでなかったらどうしよう、と逡巡する間に、その老人がこちらに気がついた。立ち尽くしているオクタヴィアに目を丸くしたものの、ニコニコしながら手招きしてくれる。

おずおずと温室のドアを開いて中に入ると、暖かい空気と濃厚な花の芳香に包まれて、圧倒される。

「……すごい……！」

広々とした温室の中に、色とりどりの薔薇が咲き誇っていた。大きな株もあれば、鉢植えの小さなものもある。だがどれも活き活きとしていて、一目で手入れが行き届いているのが分かった。

見事な花園に見惚れながら歩いていくと、先ほど外から見かけた老人が大きく手を振っていた。

「ようこそ空中庭園へ！」

「こんにちは、お邪魔しますわ。空中庭園？」

「この温室のことですよ。まあ、儂《わし》が勝手にそう呼んどるだけですが」

はっはっは、と軽快な笑い声を上げて老人が手袋を取り、大きな手を差し出してきた。

「お初にお目にかかります。儂はこの温室の管理を任されている、オリバーと申します」

「はじめまして……」

「オーナー夫人のオクタヴィア様、でしょう？」

名乗る前に言い当てられて驚いた顔をすると、老人は「すぐに分かりましたよ！」と嬉しそうに笑う。その優しげな雰囲気が薔薇好きだった亡き祖父に似ていて、オクタヴィアはどこかホッとしながら彼の手を握った。

「あのオーナーがようやくご結婚されたというから、お相手はどんな方かと思っておりましたが、これほどお美しいとは！　いやぁ、長生きはするもんだ」

「まあ……お世辞でも嬉しいわ。どうぞオクタヴィアと呼んでください」

微笑んで答えつつ、オクタヴィアは周囲を見回した。

「とても美しい温室ですね。もしかして、全て薔薇なのですか？」

ザッと見ただけだが、薔薇以外の花を見かけなかったから訊ねると、オリバーは手袋を嵌め直しながら頷く。

「そうなんですよ。オーナーが薔薇好きなもので。まあ、儂も好きだからここでやってるんですがね。手入れは大変だが、手をかければちゃんと咲く、可愛い花ですよ」

「私も、薔薇が好きよ。あなたのように、育てたりはできないのだけれど」

オクタヴィアが言うと、オリバーはハッハッハと笑った。

「いいんですよ、愛でてくれるなら、それで！　そういやこの間の薔薇はいかがでしたかな？　おお、ちょうど手にしておられますな！」

指をさされて、オクタヴィアは自分の手を見下ろす。先ほどリリアナからもらった枯れかけの薔薇を一輪、手にしていた。

「この間の薔薇？」

なんのことだろう、と首を傾げていると、とオリバーも「はて」と首を捻った。

「あのオーナーが、『妻を泣かせてしまった』と狼狽えておいでだったので、「女性には花を渡すものです」とお教えしたのですよ。すると大事に育てておられた薔薇を、躊躇なく切っていかれたので、驚いてしまったのですが……。受け取っておいでではなかった？　けれどその手にあるのは、あの時の薔薇ですよね？」

知らなかった事実を聞かされて、オクタヴィアは息を呑んだ。ルーシャスがそんなことを言っていたなんて、本当だろうか。とても信じがたい話だ。

「……あの、これは、彼の部屋にあったもので……、私は、受け取っていないわ……」

動揺しつつも答えると、庭師は一瞬口を開けて黙りこんだ後、「やれやれ」と言うようにため息をついた。

「では、渡せなかったんでしょうなぁ。あの不器用なお方が、女性に花を渡せるようになったのかと喜んでいたのですが……。勢いで薔薇を持っていったものの、いざ渡そうとしたら……できなくなってしまう姿が目に浮かびますわい」

呆れたように言うオリバーだったが、オクタヴィアにはやはり信じがたい話だ。いつだって自信満々、傲岸不遜な女たらしが、妻に薔薇を渡せない？　そんな姿はまったく想像できない。

「あ、あの……それは本当にルーシャス・ウェイン・アシュフィールドの話ですか？　私の知るルーシャスは……女性に花を渡せないなんて、そんなふうには、見えないのですが」

思わずそう言ってしまうと、オリバーは困ったように白い眉を下げた。

「……夫人にとって、オーナーはどんな男に見えますでしょうか？」

「え……ど、どんな男って……。そうね、とても自信家で、偉そうで、強い人だと思うわ。あとは効率が悪いことが嫌いで、女たらし……」

言っていて、少し悲しくなった。これでは夫の悪口を言う妻だ。記憶の中の母はいつだって父を褒めていたし、父だって母の悪口を絶対に言ったりしない。

（……お父様とお母様のような夫婦になりたいと、思ってきたのに……）

正反対になっている自分が、ほとほと嫌になる。

「……でも、私は、夫が好きなの……」

言い訳のように小さな声で付け加えると、庭師がため息のように笑った。

「儂はオーナーとは、けっこう古い付き合いでしてね。あの人が少年だった頃から知っとるんですよ。退役軍人で脚が悪く、他で働けない儂を、この温室の庭師に雇ってくれたのも、昔の縁があってなんです」

庭師は言いながら、悪い方の脚を動かそうとしてみせる。感覚が麻痺しているのか、膝が曲がらず、棒のように突っ張ったままだ。

「……あの、お気の毒に」

慰めの言葉を言えば、「いえいえ」と手をひらひらとさせた。

「もう慣れましたわい。ともあれ、オーナー……いや、ルーシャスはね、強くなければ生き残れなかったんですよ、夫人。だから誰よりも強くあろうとする。時に他人を押し退け、踏み潰すことすら厭《いと》わずに。そうしなければ、自分が踏み潰されるからです。あの子が生きてきたのは、そういう世界なのです。……だが、強いだけでいられる人間などいない。柔らかく、弱い部分があるからこそ、人間なのです。ルーシャスは、自分の弱さや柔らかさを隠しがちだ。だが、決して失っているわけではないのですよ」

そう語る老人の目は、優しく凪《な》いでいる。嘘を言っているとは思えなかった。ならばやっぱり、ルーシャスがオクタヴィアを泣かせたと焦って、自分で育てた薔薇を渡そうとしていたというのは、本当なのだろう。

（……私は、ルーシャスの一面しか見てこなかったのかもしれない……）

傲慢で強いルーシャスも、彼の一面だ。だが人はいろんな性質を併せ持っていて当然のはずだ。

（私だって、矛盾ばかりなのに）

最も顕著なのが、ルーシャスへの想いだ。ルーシャスを好きなのに嫌いで、傍にいたいのに、いたくない。

「……私、彼と話をしなくては」

唐突なオクタヴィアの発言にも、庭師は驚かなかった。皺だらけの目を細めて、うんうんと頷いている。

「オーナーは午後からお出かけになるとおっしゃってましたから、急いだ方がいい。善は急げと言いますからな」

「ありがとう、オリバー」

オクタヴィアは庭師に礼を言うと、温室を飛び出した。

マナー違反もそっちのけで、ものすごい勢いで階段を駆け下りる。こんなに早く足を動かしたのは初めてだ。途中すれ違ったメイドたちも、疾風《しっぷう》のように駆けていくオクタヴィアに目を丸くしていた。

エントランスホールでちょうどルーシャスを見送ったところなのか、ローランドがこちらに向かって歩いてくるのが見えた。オクタヴィアは勢いを止めずに彼の傍まで駆け寄ると、ガシッと手を掴んで問いかける。

「ルーシャスはどこへ行ったの!?」

「えっ、あっ、六番街のセント・ジョーンズ教会へお出かけになりました」

オクタヴィアの剣幕に圧されるようにして答えたローランドに、「ありがとう」とだけ言い置くとそのまま外へと飛び出す。

「オ、オクタヴィア様!?」

ローランドの慌てた声は無視だ。そしてホテルの目の前に待機している、滞在客用の馬車に飛び乗った。

「六番街へ行って！　セント・ジョーンズ教会よ！」

鞭を打つような声で指示を出すと、御者が焦ったように背筋を正して馬を出発させる。

「お待ちください、オクタヴィア様！」

悲鳴のようなローランドの声を後目《しりめ》に、オクタヴィアを乗せた馬車が走り出した。

それからしばらく馬車を走らせた後、オクタヴィアはセント・ジョーンズ教会の前に停車させた。

「もう戻っていいわ。帰りはルーシャスの馬車に乗るから」

客用の馬車を占領していてはいけないと思い、オクタヴィアはそう言って馬車をホテルへ返す。もしもルーシャスと会えなくても、この近くならば辻馬車がいるはずなので、それに乗って帰ればいい。

（とにかく、ルーシャスを探さなくちゃ……）

教会に行くと言っていたのだから、中にいるだろうか。オクタヴィアが教会の入口へ行こうとした時、教会のメインの出入り口ではなく、脇にある別の出口から背の高い男性が出てくるのが見えた。

（ルーシャス！）

背の高い彼は、遠目からでも一目で分かる。

だが、呼びかけようとしたオクタヴィアは、次の瞬間口を閉じた。

ルーシャスの隣に、女性の姿があるのに気づいたからだ。

（――あれは、ケイトリン……？）

真紅のコートに身を包んだ妖艶な雰囲気の美貌の主は、紛うことなきタウンゼント公爵令嬢だ。二人は寄り添うようにひっそりと出口から出てくると、隠れるようにして人込みにまぎれた。

（……どうして……）

オクタヴィアは慌てて二人を追いかけながら、呆然とする。

黒いフロックコートを着たルーシャスと赤いコートのケイトリンが並んだ姿は、どちらも迫力のある美貌だから、悔しいけれどとてもお似合いだ。

(私とは、同じホテルに暮らしていても顔を合わせようともしないくせに、ケイトリンとはこうして会っているのね……)

悲しさと虚しさに襲われて、その場にへたり込みたい気分になる。だがこのまま二人を放置することもできなくて、重い足を動かして彼らの後ろをつけた。

ルーシャスとケイトリンは歩きながら言い合いをしているようで、時折ケイトリンの鋭い声がこちらにまで聞こえてくる。

「何よ！　あなたがそんなだから！」

そう叫んだ後、声を詰まらせるケイトリンを、ルーシャスが抱き締めるようにして脇道へと連れていく。ルーシャスの広い腕の中にケイトリンが収まる瞬間が、オクタヴィアの目にやけにゆっくりと映った。

大通りを逸れ、路地裏に消えた彼らを追っていくと、二人が抱き合っているのが見えた。

その刹那、オクタヴィアは彼らから目を逸らして、足早にその場を立ち去った。

どうやって教会まで戻って来たのか、オクタヴィアは覚えていなかった。気がつけば馬車を降りた場所に立っていて、呆然と、聳え立つ教会の建物を眺めていた。

（……気持ちが、悪い……）

立っているだけなのに、足元がぐらぐらと揺れる。早く帰らないとと思うのに、足に力が入らなかった。視界が暗くなり蹲《うずくま》りかけた時、「大丈夫ですか」という男性の声が聞こえた。

（……誰……？）

顔を上げたくても、気持ちが悪くて上げられない。

「おっと、少し休んだ方がよさそうですね。私の馬車がすぐそこに。歩けますか？」

また声が聞こえて、抱えるようにされて移動させられた。

「……あの、すみません……」

知らない男性だ、と思う。聞き覚えのない声だ。そんな人に付いていくなんて、と思うのに、力が入らなくて抵抗できなかった。

それでも弱々しく腕を突っ張ろうとすると、男性は柔らかい声で囁いてくる。

「大丈夫、何もしません。あなたを助けたいだけです。私はダービー伯爵、ウィルバート・アイヴォワ・マナーズと言います」

（ダービー伯爵……どこかで聞いたような……思い出せないわ）

朦朧としつつ記憶を探るけれど、思考が定まらない。それでも相手がきちんと名乗ってくれたおかげで、少し警戒心が解けた。

ダービー伯爵はオクタヴィアを自分の馬車に乗せると、そっと横たわらせてくれた。

「貧血を起こしたのでしょう。心配ですから、このままお住まいまで送らせてください」

「そんな……申し訳ないです……」

しばらく休めば良くなるだろうと思って断ったが、ダービー伯爵はニコリと笑って首を横に振る。

「このまま置いていくのは私が心配なのです。……それに、なぜかあなたとは初めてお会いしたという気がしないのですよ。どうぞ私のためにも、送らせてください」

そこまで言われると断りにくい。

(……どうせ、ルーシャスの馬車は使えないし……)

自分で辻馬車を探すよりは、この親切な伯爵に送ってもらったほうがいいだろう。

そう思い、オクタヴィアはホテルの名前を告げたのだった。

第五章　切望の種

『あなた方がこれ以上彼を痛めつけるというなら、私が彼の盾になります。殴るのならば、私からどうぞ』

凛とした声が、鼓膜を揺らした。透き通った水のような声だった。

殴られて腫れ上がった瞼の隙間から覗くと、小さな背中が見える。きれいで温かそうなウールのコートに、輝く金の髪が揺れていた。まだ幼いからか、結い上げずに背中へと流されて波打っている。貴族の娘だ、と思った。これほど上等な衣装に、手入れのされた髪――そんな暮らしができるのは、この国では貴族くらいだから。

自分を殴って殺そうとしていた男たちは、ただのごろつきだ。金をもらえるなら、平民の子どもを一人殺す程度、一かけらの躊躇もなくやってしまうような、そんな連中なのだ。

だがそんなごろつきだからこそ、明らかに貴族の娘と分かる少女には手出しできない。貴族の子どもを傷つければ、どんな報復が待っているか分からない。権力も金もある貴族にとって、平民などごみ屑《くず》のようなものだから。

『お嬢さんを殴ったりはしねえよ。俺たちゃ、その坊主に用があるんだ』

『私は彼の盾だと言ったでしょう？　さあ、私を殴ればいい』

ごろつきたちはしどろもどろになりながらも、なんとか少女に言うことを聞かせようとしていたが、少女の方が一枚上手だ。毅然とした態度でその場を動かず、ひたすら「自分は盾」だと言い張った。

『弱ったなァ……。お嬢さん、いい加減にしねぇと、痛い目を……』

『あっ、お父様！』

いよいよ脅しにかかってきたごろつきは、少女の声に一様にビクつき始める。それに追い打ちをかけるように、少女がどこかに向かって大きく手を振った。

『お父様、こっちよ！』

目を凝らすと、確かに少女の手を振る方向に小さく、立派な身なりをした男たちが見える。ごろつきどもにもそれが分かったのだろう。「おい、ヤベえぞ、ずらかれ！」という声と共に、蜘蛛《くも》の子を散らすように逃げ去ってしまった。

助かった、と安堵に身体の力を抜いていると、目の前にスッと白い物が差し出される。

『大丈夫？　血が……これを使って』

少女が自分に向かって、真っ白なハンカチを差し出していた。その手が微かに震えていることに気づいて、心臓がギュッと縮む思いがした。

きっぱりとした態度は揺るぎなく見えて、さすがお貴族様だと思っていたけれど、この子はまだ子どもに過ぎない。大人の男たちを相手に、怖くないはずがない。

狭まった視界で、初めて少女の顔を見た。

(怖かったんだ……)

(――ああ、白い薔薇のようだ)

人を花にたとえるなんて、ばかみたいだ。父が母を『私のデイジー』と呼ぶのを気色悪いと思っていた自分が、そんなことを思う日が来るなんて。

それほどにその少女は美しかった。

そばかす一つない真っ白な肌、長い金の睫毛《まつげ》に縁どられた目は大きく、深い藍色の瞳はまるで菫青石《アイオライト》のように煌めいている。筋の通った鼻に、唇は熟れた果実のように赤く瑞々しい。大切に世話をされた、大輪の花のような少女だった。

見惚れて動けないでいると、少女が不思議そうに「さあ」と言って、ハンカチを更に押し付けてきたから、焦って首を横に振った。

『汚れちまう……』

喉から出てきたのは、潰された蛙《かえる》のようにひしゃげた声だった。首を絞められたから、そのせいで上手く声が出ないのかもしれない。

『いいの。気にしないで。そんなことより、あなたの方が大変だわ。こんなに腫れて……

可哀想に、痛いでしょう。あの人たち、なんて酷いことを……！』

少女が痛ましげに眉根を寄せる。宝石のようにきれいな瞳に憐憫《れんびん》の色が滲むのを見て、苦い笑みが浮かんだ。

今の自分は、さぞかし酷い姿だろう。突然数人がかりで襲撃され、殴る蹴るの暴行を受けていたところを、通りかかったこの少女に助けられたのだ。

暴行のせいで全身ボロボロだ。肋骨《ろっこつ》を折られたのか、呼吸する度に痛むし、腫れているせいか顔の感覚がない。辛うじて四肢は動かせるようだが、今は立ち上がる気力もなかった。

『ああ、やっと見つけた！』

やがて遠くの方から駆け寄ってきた紳士が、彼女に向かって叫ぶ。

『ダメじゃないか、一人でどこかに行っては！　この辺りは治安が悪いのだと、あれほど言っただろう！　ああ、無事でよかった！』

傍に来るなり少女を抱き締めた紳士に、少女は『ごめんなさい、お父様』と謝りながらも、こちらへ視線を向けた。

『彼が酷い目に遭わされていたから、助けなくちゃって思ったの』

『……なるほど、そうだったのか』

少女の父親らしき人物は、襤褸《ぼろ》きれのように横たわっている自分を見ると、痛ましいものを見るように顔を顰めた。それからやれやれとため息をついた後、片膝をついてこちらを覗き込んでくる。

『まだ少年だな。気の毒に。病院へ連れていってやろう』

男性は明らかに貴族だ。ということは、貴族が行くような病院に連れていかれるのだろう。そんな高い医療費など払えるわけがない。

『結構です。俺は、大丈夫なので』

慌てて断ると、男性は少し考えるように黙った後、懐から金貨を数枚取り出して自分に握らせた。

『ではこれで医者にかかりなさい。その怪我は放っておいて治るものじゃない』

言いながら男性は自分の名前と爵位を名乗った。

『何か困ったことがあれば、私を訪ねて来なさい。してやれることがあるかもしれない』

そう言い置いて立ち上がると、娘の手を引き、護衛を引き連れて去っていった。

父親に手を引かれながら、少女がこちらを振り返る。その心配そうな表情に、胸がズキリと痛んだ。それは心臓の鼓動と同じリズムでズキズキと疼き続ける。

手を繋いで歩き去る親子の後ろ姿は美しかった。上等な衣服、洗練された動き、自信に満ちた足取り――まさに貴族そのものの姿だった。

自分には手が届かない、天上の人々だ。それなのに、どうしてこれほどに胸が焼けるのだろう。焼けて、焦がれて、その熱さに叫び出したくなってしまう。

自分でも理解できない衝動のようなものをグッと堪え、拳を握った。するといつの間にか何かを握っていたことに気がついて、そっと手を開く。

『あ……』

それは、先ほど少女が手渡して来たハンカチだった。

真っ白いシルクでできたそれは、既に自分の血で汚れている。しまった、と思わず手を離すと、折りたたまれていたハンカチが開いてその中から何か黒っぽい物が零れ落ちた。散らばってしまったうちの一粒を摘まみ上げてよく見てみると、それは小さな植物の種のように見える。

おそらくあの少女がどこかでもらったか拾ったかした種を、ハンカチに包んで持っていたのだろう。それを忘れて、自分に渡してしまったのだ。

彼女がこの種を大切そうにハンカチに包むのを想像し、思わず笑みが漏れた。

同時に、小さな白い手が震えていたのを思い出して、また心臓が痛んだ。怖かったに違いないのにそれを押し殺し、見ず知らずの自分を救うために、大人の男たちの間に割って入ってくれたのだ。

なんという勇気だろう。清く、正しい心を持ち、それを信じていなければ、そんなことはできるわけがない。

(俺には、なくなってしまったものだ)

生き延びるために、なんだってやった。盗みもしたし、暴力だって厭わなかった。そうしなければ、殺されてしまうからだ。この世の全ては、自分の敵だ。父に裏切られ、母を殺されてからは、誰も信じてはいけないのだと思ってきた。自分は清くもなければ正しくもない。それを後悔したことはない。それでいい。

——だけど。

(あれが、欲しい)

あの、清く、正しく、美しい少女が。

無いものねだりなのかもしれない。自分にはないから、せめてそれを持つ者を傍に置きたいと願っているのか。だがそれでも今、自分の胸に煌々《こうこう》と光を放って芽吹いたこの願望は、これまで生きてきた中で最も強く熱い感情だった。

あれが欲しい。あの光のような少女が。

心の中で呪文のように唱えながら、手の中の種を握り締めた。

瞼を開くと、白い光の筋の中を埃がキラキラと舞っているのが見えた。

執務室のカーテンの隙間から白い陽光が漏れ出ている。いつの間にか朝になっていたようだ。ここ数日、狂ったように仕事をしている。肺炎を起こしたオクタヴィアが心配で、熱が下がるまで傍を離れられなかった。ようやく彼女が回復したので、滞っていた仕事を片っ端からやっつけているところなのだ。昨夜少し休憩をとソファに横になったのは覚えているが、その後の記憶がない。どうやらそのまま眠ってしまったらしい。

「――夢か」

ルーシャスは呟いた。

今しがたまで見ていた懐かしい光景を反芻《はんすう》するように、開いた目をもう一度閉じる。

助けてくれた、花のように美しかったあの少女は、自分の人生の中で望む唯一のものだ。

あの瞬間から、ルーシャスは彼女を手に入れるためだけに生きてきた。

平民の自分にとって、貴族の令嬢である彼女が月のような存在であることは分かっていた。まともな者ならば、考えることすらおこがましい願望だと言うだろう。ルーシャスとて自分以外の人間がそう言ったなら、きっと一笑に付したに違いない。

だが「無理だ」と言われて諦められるような、生温い感情ではなかった。

ルーシャスの話を聞けば、皆が「叶わぬ恋だ」と笑った。

(こんなものが恋なものか)

こんなに浅はかで、執拗で、どうしようもなく粘着質な欲望が、恋などという微笑ましい物であるはずがない。自分でもどうかしていると思うのだ。どうしてこれほどまでに彼女にこだわるのか、理解できない。たった一度、助けられた。それだけのことだ。向こうにしてみれば、道端の死にかけた犬を助けたのと同じ程度のことだろう。ルーシャスにしてみても、そこに恩義を感じているわけではない。あの時ルーシャスは死んでもいいと思っていた。生きることに倦《う》んでいた。父に裏切られ、母を殺され、その母を見殺しにして逃げた自分を憎んでいたのだ。だからあのならず者たちに暴行を受けた時も、本能的に助けてくれと思った反面、ようやく死ねると安堵もしたのだ。

だから、命を救われたからではない。ではなぜか、と問われると、ルーシャスには答えはこれしか出せない。

(——彼女が、あまりにも『花』だったから)

凛と艶やかに、誇らしげに咲く、大輪の薔薇のようだった。

花など自分には縁のないもので、どちらかと言えば、嫌悪していたほどだ。母は花を愛でるのが好きだった。父は母を花にたとえて呼んだ。それを見ていたからかもしれない。食えない物を愛でる余裕などないほど貧しかったし、父に至っては花にたとえるほど愛した女を裏切った。ばかばかしい記憶ばかりだ。花に良い思い出などまったくなかった。

そんなルーシャスが、花のようだと思ったのだ。

花のように美しく、光のように眩しかった。

摘み取って自分のものにしたい——その欲求は、もしかしたら花に虫が引き寄せられるのと同じ類の、本能のようなものなのかもしれない。

原始的で、抗えない本能――抗えないのなら、従えばいい。

（あれを絶対に、俺のものにする）

ルーシャスはそう決めた。

金と時間をかけて、大切に手入れしなければ枯れてしまうような花だ。自分の手で摘み取った後、枯れてしまっては意味がない。ならば、花を美しいまま保てるように、金を持たなければならない。

だから金を作った。

金を作るためなら人を騙しもしたし、裏切りもした。割り切ってしまえば小金はわりとすぐに貯まり、その金でまずは身なりを整えた。金を増やすには投資が手っ取り早いが、それは相手がいての話だ。詐欺話で騙しにかかる輩もいれば、逆にこちらを信用しない者もいる。騙し、騙されの世界では、見た目が武器になる。

幸いにして自分には金を儲ける才能があったようで、金は順調に増えていき、蒸気機関を使った紡績工場への投資で、その額は一気に数百倍に膨れ上がった。

その金で、今度は潰れかかった会社を買収した。一から起《た》ち上げるより、十あるものの半分を変える方が低コストであるのは明白だ。利益を上げるための能力を持った新たな人員を投与する傍ら、熟練の技術者は引き続き雇い、会社運営の害になると判断した者を容赦なく切り捨てる。このルーシャスのやり方は、労働者の側にも評判が良かった。その結果、優秀な人材が自分の下《もと》に集まったのも嬉しい誤算だった。

金と人が集まり、世界情勢を見極める目があれば、事業を拡大させるのも会社を増やすのも難しいことではない。手にする金の額が増える度、持つ事業の数が増える度、決定権が増え、それに伴って裏での悪行も増えた。目的のためなら、人の弱みを握ることも、それを使って陥れることも、良心の呵責《かしゃく》などなかった。相手が死ぬしかなくなると分かっていて、その判断を下したことは一度や二度ではない。

ルーシャスを「金のためなら殺人も厭わない悪人」だと言う者もいるが、間違いではない。

目標を定めてから十数年で、ルーシャスは成金富豪と呼ばれるまでになった。

そうして手に入れた金と権力を使って次に実行したのが、貴族社会への侵入だ。

欲しい花は、貴族が作った花園に咲いている。手に入れるためには、その花園に足を踏み入れなければならなかった。平民である自分には、そこに入る権利はない。だがその入口の頑強な扉をこじ開ける鍵は持っていた。こしらえてきた財力と、集め続けた人の弱みだ。面白いもので金を持っている人間の下には、人の弱みは自然と転がり込んでくるのだ。

それらを使ってようやく入り込んだ社交界で、ルーシャスは久しぶりにあの花の姿を目にした。

これまでも、探偵を使って彼女のことは調べ続けていたし、遠目からこっそりと見る機会はあった。だが、声をかけることができる場で、堂々と彼女を見たのは初めてだった。

ようやくここに辿り着いたのだと、感慨もひとしおだった。

彼女は記憶よりも、もっと美しく、輝かしく成長していた。

白い肌は陶器のように滑らかで、淡い金の髪が月光のように白い輪郭《りんかく》に纏いついている。

小さな顔の中にある大きな藍色の瞳は、神秘的な光をたたえているのに、笑うと途端に愛らしくなる。くるくると変わる表情に、目が釘付けになった。

彼女の手を取りたくて仕方なかった。今すぐに傍に行って彼女の腰を攫い、彼女を見ている他の男どもを蹴散らして、自分しかいない場所に隠してしまいたい。

だがここは魑魅魍魎《ちみもうりょう》の跋扈《ばっこ》する社交界の場だ。平民の自分が何か粗相をすれば、あっという間に追い出されてしまうだろう。それでは元も子もない。郷に入《い》っては郷に従え、その言葉を胸に刻み、ルーシャスはじっくりと彼女との距離を縮めることにした。

ダンスを申し込むために近づこうとした時、彼女が別の令嬢に手を引かれてダンスホールを抜け出すのが見えた。当然のように後を追ったルーシャスは、彼女がろくでなしと評判の子爵令息に襲われそうになっているのを見て、カッと頭に血が上った。

後先考えずに行動に出てしまったのは、十数年ぶりだ。音を立てずに背後からそのろくでなしに近づくと、首を摑んでその動脈の血流を止めた。こうすれば数秒で人は昏倒し、長く止め続ければ死に至る。確実に動脈を摑む技術を習得していれば非常に有効な技だ。

相手に抵抗されるとやりにくいのだが、子爵令息は無警戒だったので上手くいった。

彼女の窮地を救ったものの、ルーシャスは自分がまだ手順を踏めていないことを思い出した。社交界では、男が令嬢に声をかける時、その前に介添え《シャペロン》の女性に許可をもらわなくてはならないのだ。「頭がおかしいのか、面倒くさい」と思うけれど、それをやらなくては結婚にこぎつけないのならば仕方ない。

彼女を抱き締めてしまいたい衝動を必死に堪えつつ、早く会場に戻るように促すしかなかった。

彼女は名前を訊いてくれたが、うっかり名乗って介添え女性を通さず接触したとバレてはまずい。だから「どうせ否が応でも、そう遠くないうちに知ることになるだろう」とだけ告げた。すぐにあなたに結婚を申し込むから、という意味だった。

だがその後すぐ、ルーシャスは思わぬ誤算に見舞われた。

振り払ったと思っていた過去の因縁が、未だ自分の足に絡みついていたのだ。

(まさか、あの魔女が俺のことをまだ覚えていたとは)

忌々しい記憶に、歯ぎしりをする。ルーシャスの母を殺し、ルーシャスを殺そうとしていた魔女――タウンゼント公爵夫人が、ルーシャスの存在に気づいてしまったのだ。

タウンゼント公爵家との因縁は、ルーシャスが生まれる前から始まっていた。

なぜなら、母がタウンゼント公爵の愛人だったからだ。

母はタウンゼント公爵の乳兄妹だった。幼い頃から共に育った彼らは、当然であるかのように恋に落ち、子を作った。それがルーシャスだ。

子まで作ったけれど、両親が結婚することはなかった。祖父が牧師だったことから、その妻が公爵家の乳母に任命されたというだけで、母は平民だ。公爵家の嫡男である父との結婚など、望めるはずもない。

結局父は母を愛人という立場に置いたまま、王妹というこの国で最も尊い血を引く妻をもらった。

タウンゼント公爵夫人となった王妹が、愛人の存在を知ったのは結婚後だ。気位が高く気も強い夫人は烈火《れっか》のごとく怒り狂い、愛人とその子どもを殺せと夫に迫った。気の弱い公爵はそれを拒み、愛人と子を捨てることで妻の怒りを収めようとした。

結果、母とルーシャスは一文無しで領地から放り出された。それまで父からの援助で生きていた母には生活能力などなく、二人は当然路頭に迷った。それでも子どもを養わなければと、母が選んだのは娼婦になる道だった。不幸なことに、母は美しかった。すぐに売れっ妓《こ》となったが、働いていたのは田舎の場末の娼館だ。大した稼ぎになるわけでもなく、母子の暮らしはいつも貧しかった。おかしなことに田舎の村では、散々娼館を利用するくせに娼婦を蔑《さげす》む風潮があって、母が娼婦だという理由で、母子は町の囲いの外にしか住めず、ルーシャスは村の学校にも通わせてもらえなかった。

だが悪い人間ばかりでもなく、食べる物がなくひもじい思いをしているルーシャスにパンを分けてくれた老婆もいたし、暇だからと字の読み書きを教えてくれる足の悪い退役軍人もいた。だからがんばっていれば、いつかこの泥水を啜るような日々から脱却できると信じられた。

愚かだった。

自分も愚かだったが、母はもっと愚かだった。

娼館で他の男に身体を売りながら、いつか父が迎えにきてくれると信じていたのだから。

そんな日々は、唐突に終わりを告げた。

ある日、ルーシャスが靴磨きの仕事を終えて帰宅すると、家の中に知らない男たちがいた。ルーシャスが目を白黒させていると、奥の寝室から母の金切り声が聞こえてきた。

『逃げなさい、オーレオール！』

自分の名を呼ぶ母の矢のような声に、踵を返して転がるように走った。ちらりと見えた母は、裸に剝かれ鼻から血を流していた。男たちに何をされていたのか一目瞭然だ。それでも、ルーシャスは逃げた。母が犯され殺されそうになっているのに、助けようともせず逃げることを選ぶ自分に、反吐《へど》が出そうだった。

だがいくら逃げたところで、子どもの足だ。男たちはすぐに追いつき、ルーシャスにも暴行を加えた。

『悪いな、坊主。公爵夫人《ダッチェス》のご命令だ。お前さんを生かしておくと、後で面倒なことになるんだとよ』

少しも悪いと思っていない顔でそう言って、男はルーシャスの顔を殴った。――記憶はそこまでしかない。

気がつけば粗末なベッドに寝かされていた。

助けてくれたのは、字を教えてくれた退役軍人の男――オリバーだった。男たちがルーシャスに暴行を加えている時に、自警団を呼んで来てくれたのだ。連中はルーシャスが死んだかどうかも確かめずに逃げていったそうだ。

オリバーは襤褸《ぼろ》きれのようになったルーシャスを手当てし、看病してくれた。若さもあってルーシャスはなんとか息を吹き返したが、高熱を出して十日も寝込んでいたらしい。

『お前さんは運がいい。神様がまだ見放さなかったんだな。だが残念だが、おっかさんは……』

オリバーはそう言って、目を伏せた。

母は発見された時、既に事切れていたそうだ。

オリバーはルーシャスたちを助けようと機会を窺っていたため、男たちの会話を聞いて、大方の事情を察していた。

『どうやら公爵夫人《ダッチェス》は、お前さんたち母子を殺そうとしていたらしい。お前さんは名前を変えた方がいい。あいつらだって、お前さんを殺せなかったなんて不手際を、わざわざ報告しやしない。だからオーレオールはここで死んだことにするんだ。そして夫人の手の届かない遠くに行くといい』

オリバーはそう言って路銀を渡し、「ルーシャス」という名をくれた。古《いにしえ》の賢帝の名前らしい。その時から、オーレオールはルーシャスになったのだ。

(死んだことにしたし、名前も変えた。気づかれることはないだろうと思っていたんだがな……)

ルーシャスの黒髪と金の目は父譲りらしいが、目はともかく髪の色はよくあるものだ。それに顔立ちだってまったく似ていない。ついでに言えば、母とも似ておらず、母方の祖母に似ているとよく言われた。隔世遺伝なのだろう。

だから大丈夫だと高を括《くく》っていたのだが、どうやらあの魔女の執念を甘く見ていたらしい。雰囲気か何かで感じ取るものがあったのかもしれないが、それにしてもルーシャスが殺したはずの子どもだと分かるなんて、すごい嗅覚だ。

社交界に出入りし始めて一年ほど経ったある日、一人でいるところを暴漢に襲われたことがあった。とはいえ、ルーシャスはもうあの頃のひ弱な子どもではない。金と権力を手にしたことで、暴漢に襲われることなどしょっちゅう――とは言わないものの、よくあることだ。対策をしていないわけがない。すぐさま現れた護衛たちと共に暴漢を捕らえ、首謀者を吐かせたところ、タウンゼント公爵夫人の名が出たのである。

　調べてみると、タウンゼント公爵家には現在娘が一人だけ、跡継ぎとなる嫡男がいない。父はまだ死んでいないが高齢で、おまけに病床にあるらしい。

（――なるほど、俺が生きているとまずいとは、そういうことか）

　この国では宗教的に婚外子を認めていないため、基本的には婚外子であるルーシャスにはタウンゼント公爵位の継承権はない。だが今やルーシャスは億万長者だ。抜け道を金で買うことくらい、造作もないことなのである。

　よくある抜け道としては、ルーシャスがタウンゼント公爵の親戚筋の養子になることだ。このまま父が死ねば、基本男子相続である公爵位はその親戚筋の男子に回るからである。産業が飛躍的に発展した昨今、農業だけが収入源の領地経営では、もはやままならないという貴族は多い。莫大な金を餌にすれば、飛びつく者は多いだろう。

　殺し損ねた愛人の息子が公爵位を継承するなんて、あの魔女にしてみれば悪夢に違いない。

　頼みの綱である愛娘は、公爵位を継ぐに相応しい男性ではなく、平凡な伯爵令息と恋に落ち、スキャンダルを起こして社交界を干されているし、さぞかし焦っていることだろう。

（だからといって暗殺未遂とは……やり方が古い上に頭が悪いな）

　自分ならば、殺すのではなく相手を失脚させる方法を選ぶが、要するに殺したいほど憎々しいということなのかもしれない。

(……だがそうなると、彼女を得る時期は慎重にならねば……)

ルーシャスの弱点が彼女だと分かれば、公爵夫人は目の色を変えて利用しようとするだろう。それは絶対に避けたい。

ルーシャスは舌打ちをした。

彼女を得る前に、過去のしがらみを片付ける必要が出てきてしまった。ようやくここまで来て、お預けを食らった気分だった。

だが文句を言っていても仕方ない。一つ解決すれば、新たな問題が出てくるのは、事業買収でもよくある話だ。

気を取り直し、ルーシャスはタウンゼント公爵家を徹底的に調べることにした。

（弱みを握るだけじゃない……あの魔女を完膚なきまでに叩きのめす方法を）

相手は王妹だ。殺していい相手ではない。だが王の力をもってしても揉み消せないほどの罪状を突きつけてやれば、絶対に出られない監獄のような修道院へ叩き込むことくらいはできるはずだ。

そしてルーシャスは既に魔女の罪を知っている。――『牧師の娘殺し』だ。

母は牧師の娘だった。敬虔《けいけん》な神の使徒たる牧師の娘を殺した罪が公になれば、国教の首長である王が看過できるはずもない。宗教と国の長としての威信と、既に臣籍降嫁《しんせきこうか》した妹とでは天秤にかけるまでもない。公にしろ内々にしろ、公爵夫人は断罪されるだろう。

（あとは証拠固めだ）

あの魔女が母を殺したという証拠——それを集めるために、ルーシャスはありとあらゆる方法で調べさせていた。

だがその矢先に、またもや問題が生じてしまった。

あの花の——彼女の父親である侯爵が投資で失敗し、破産しかけたのだ。自棄を起こした侯爵が、賭博場で残りの金をつぎ込んでいるのを見て、ルーシャスは決心した。

賭け方も知らないあの侯爵が、有り金を全て失うのは時間の問題だ。そうなれば破産するしかなく、当然娘も路頭に迷う。最悪の場合、平民の成金相手に娘を売り飛ばす可能性だってある。——そう、自分のような成金に。

（ならば、俺がその成金になればいい）

そうすれば彼女を救える上、彼女も自分のものになる。一石二鳥とはこのことだ。

だが結婚すればあの魔女の魔の手が彼女に伸びるだろう。それを防ぐために、結婚後、自分はできるだけ彼女と離れていなければならない。彼女を大切に思っていることが周囲に知られれば、それだけ彼女を危険に晒してしまうだろうから。

そして可能な限り、彼女を閉じ込めておかなくては。このホテルは彼女を守るために買った、完璧な温室だ。彼女は一流の庭師に大切に育てられた、稀少な花のような存在だ。

最高級の物で溢れた宮殿のような部屋の中で、何不自由ない生活を送るべきなのだ。

美しく、豪華で、頑強な温室に、彼女を囲った。

外にさえ出さなければ、彼女は安全だ。

完璧に整えはしたけれど、それでも不満は出るようで、結婚後、彼女とはたくさんの行き違いがあった。ホテルから出られないことを不満に思っているようだったが、危険な目に遭わせるよりはマシだ。

「あと少しだ」

ルーシャスは呟いた。あと少しで、邪悪な魔女を退治できる。

そうすれば――ようやくあの花を自由に愛でることができる。

この手の中で、あの花が美しく輝かしく咲き誇るのを、心置きなく眺めることができる。

「――オクタヴィア」

切望し続けた花の名を呼んで、ルーシャスは微笑んだのだった。

第六章　この結婚は間違いでした

ルーシャスはうんざりしていた。

隣を歩く異母妹《ケイトリン》は、小声ではあるものの、公爵令嬢とは思えないような口汚い言葉を吐き続けている。タウンゼント公爵夫人について話があると、異母妹に呼び出され、教会まで来たというのに、延々と愚痴を言うばかりで、なかなか本題に辿り着かないのだ。

「――とにかく、あのクソババア、未だにあのエロジジイとの婚約話を解消していなかったのよ！　信じられて!?　四十も年上の老人に自分の娘を嫁がせようなんて、頭がおかしいとしか思えない！」

ちなみに、クソババアとは彼女の実母であるタウンゼント公爵夫人で、エロジジイとはヘインズ老公爵のことだ。人のことはとやかく言えないが、この口の悪さでよく公爵令嬢が務まるものである。

「あんたが老人に嫁がされそうになっているのは気の毒だと思う」

ルーシャスはケイトリンの愚痴を止めるために、掌を彼女に向けてそう言った。

あの魔女は、爵位継承権を持つ親戚にタウンゼント公爵位を継がせないように、娘を自分のお眼鏡にかなった高位貴族の男性と結婚させようと躍起《やっき》になっている。婚約話が持ち上がる度にケイトリンがぶち壊して流れているらしいが、魔女はまったくめげていないらしい。最近では、母親よりも年上の公爵との縁談を持ち込まれたらしく、異母妹のストレスは最高潮に達していた。

「だがそれを俺に言ったところで現実は何も変わらない」

頼むから本題に入ってくれ、と続けようとしたが、顔を真っ赤にしたケイトリンに遮られる。

「何よ！　あなたがそんなだから！　そもそもあなたが家を継がないせいでこうなっているのよ、ルーシャス！」

しまいにはそんなことを言われ、ルーシャスはいよいよウンザリして天を仰いだ。

「俺は平民だ。公爵様の家なんざ継げるわけがないだろう」

「半分は貴族でしょう！　あなたとわたくしは、父を同じくする兄妹だもの！」

あなたにも家を継ぐ資格は十分ある、と涙を溜めて主張する異母妹を苦々しく眺め、ため息をついた。なぜこちらの話を聞こうとしないのだろう。本当に面倒くさい。異母妹だかなんだか知らないが、できるなら関わりたくない人種である。

「あんたと兄妹だったことなど一度もないだろう」

一緒に暮らしたこともなければ、なんなら会ったのも最近だ。愛人の子であるルーシャスは、タウンゼント公爵家の屋敷に足を踏み入れたことがないのだから当然だろう。

それなのにケイトリンは、ルーシャスの言葉にショックを受けたかのように泣き出してしまった。

(ちくしょう。本当に、なんて面倒なんだ)

舌打ちしたい気持ちになりながらも、ケイトリンを引っ張って路地裏へと向かった。泣いている女を連れて歩くのは非常に目立つ。こちらが気を遣ってやっているのに、面倒な異母妹はちっとも泣き止まず、仕方なくその肩を抱いて慰めてみる。昔泣いていた自分に、母がこうやってくれたのを思い出したのだ。

「あなたって……意地悪なのか優しいのか分からないわ。『お兄様』って、こんな感じなのね」

洟を啜りながらむず痒《がゆ》いことを言われ、苦虫を嚙み潰したような顔になってしまった。

(誰がお兄様だ、誰が)

そもそも、母を殺し、自分を殺そうとした人間の娘を、どうして妹だと思えるのか。正直に言うなら、他人以下の存在だ。

それでもこうして連絡を取り合っているのは、ケイトリンが協力を申し出てきたからだ。

無論、最初は罠だと思い、取り合わなかった。なにしろ仇の娘である。信用できるわけがない。だが一顧《いっこ》だにしないルーシャスに、ケイトリンが追いすがってきたのだ。

『わたくしは、母が父に毒を盛っているのを知っているわ！　あの人は狂っている！　止めなくてはいけないの！』

そのあまりの必死さと発言の内容に、ルーシャスは興味を持った。

話だけでも聞こうというルーシャスに、ケイトリンは涙を浮かべながら語った。

『父はわたくしに、好きな相手と結婚するべきだと言ってくれていたの。けれどそれでは公爵家の財産が手元に残らないと言って、母が激怒して父と対立してしまったわ。母は父が自分の言う通りにしないからと、数年前から寝酒に毒を盛り始めた。といっても心身が衰弱するだけで、死には至らないものよ。……信じられない。思い通りにならないからって、夫に毒を盛るなんて！』

その話を聞いたルーシャスの感想は、「あの魔女がやりそうなことだ」という淡々としたものだった。罪もない母子を簡単に殺す女だ。夫であっても、気に入らなければ躊躇せずに始末するだろう。

『だが、あんたの母親だろう。公爵夫人が捕まれば、あんただって無事では済まないのに、いいのか？』

母親が夫に毒を盛っていることが露見すれば、その娘であるケイトリンの社交界での評判は失墜するだろう。その覚悟はあるのか、と訊けば、ケイトリンは真剣な表情で頷いた。

『あの人は悪魔よ。わたくしはその娘として、あの人を止めなくてはならないの。それに、わたくしの社交界での評判なんて、とっくの昔に落ち切っているから今更だわ』

なんでも、ケイトリンには数年前に婚約寸前までいった相手がいたのだが、母親の反対で引き裂かれたらしい。その時二人で駆け落ちしようとしたのだがこれが失敗し、ケイトリンは傷物の令嬢となってしまった。それ以来社交界からは身を引いているが、恋人とは未だに続いていて、いつか必ず結婚すると約束しているのだそうだ。

（なるほど、この女にとっても、あの魔女は邪魔者というわけか）

それならば手を組んでやってもいい、とルーシャスは判断した。正義感だけが理由であれば説得力が足りないが、己の利益のためだと言われれば信用できないこともない。なにより、公爵夫人が夫に毒を盛っているという現在進行形の罪は、過去の犯罪をあげつらうよりも明確だ。そして娘のケイトリンは、その証拠を得やすい環境にいる。

『いいだろう。手を組もう』

こうしてケイトリンと共闘関係となったものの、もちろん完全には信用していない。あの魔女の娘であるというだけでも疑う理由となるのは仕方ないだろう。

だからこの女がオクタヴィアに接触したと聞いた時、肝が冷える思いがした。もしケイトリンが公爵夫人の二重スパイだったとすれば、オクタヴィアは今頃危険な目に遭っていたに違いない。そうでなかったから良かったものの、警戒を強めるに越したことはない。

その結果、オクタヴィアをホテルに軟禁することになったわけだ。

「それで、結局本題は何だったんだ？」

はあ、と今日何度目になるか分からないため息をついて、ルーシャスはケイトリンを睨んだ。異母妹は先ほどまで泣いていたとは思えないほどケロリとした顔で、「ああ、そうそう」と手を叩いた。

「母に薬を渡している人物が分かったわ。トイック領に住む町医者だった」

ルーシャスはにやりと口の端を上げる。

「なるほどトイックか。大きな貿易港があるから、手に入りにくい原料も定期的に仕入れられるということだな。すぐ人を向かわせよう」

その町医者とやらを連行し、事情を聞く準備は既にできている。なかなか口は割らないだろうが、こちらそういう輩が自ら喋りたくなるように仕向ける方法は熟知しているから、数日内には欲しい証言を得ることができるはずだ。

魔女は公爵に飲ませている薬を自分で管理していた。毒薬なのだから慎重になるのは当然だ。こちらとしては非常に歯痒いところだったが、ケイトリンが屋敷内を入念に調べ上げてくれたおかげで、薬の隠し場所を見つけ出すことができた。

ルーシャスは、すぐさまその薬を大学で薬草学研究をしている知り合いに送り、成分を解析させた。結果はもちろん、人体に有毒であるということだった。

「これで証拠は固まった」

ルーシャスの呟きに、ケイトリンが神妙な表情で頷いた。覚悟はしていたのだろうが、実母の罪が暴かれることに複雑な心境なのだろう。

「いよいよね」

「ああ。あとは俺が采配する。あんたは何もするな」

釘を刺すと、ケイトリンは少し唇を尖らせたものの、「分かったわ」と言った。

それを確認して、ルーシャスは「じゃあ」とサッサとその場を去ろうとする。

「ちょっと！　用が済んだらハイさようならって、なんて失礼なのよ！」

「俺はあんたと違って忙しいんだ」

言い捨てて、プリプリ怒っているケイトリンを置いて、大通りへと戻った。車を停めている場所までは少し距離がある。急いで帰る必要もない日だったが、今オクタヴィアがどうしているか気になった。今、というより、妻のことは常に気になっているのだが。

（……最近は、あまり話せていないが……）

同じホテルで暮らしながら妻と会話ができていないのは、ルーシャスが彼女を泣かせてしまったからだ。

泣かせるつもりなどまったくなかった。ただ彼女が心配だったのだ。

真冬の噴水に落ちて肺炎を起こしたオクタヴィアは、一週間もの間高熱を出して寝込んでいた。魘《うな》される彼女が苦しそうで可哀想で、自分が代わってやれたらと心の底から思った。このまま彼女が死んでしまったらと考えるだけで、気が狂いそうだった。汗を拭き、着替えさせ、朦朧とする彼女に砂糖水を飲ませた。目を離した時に容態が悪化するかもしれないと気が気でなく、付きっ切りで看病した。

ようやく熱が引いた時には自分の方も疲弊し切っていて、彼女の顔色が少し戻ったことを確認した後、執務室のベッドに戻って泥のように眠った。

その後の数日間は、放置して溜まりに溜まった仕事を片付けるのに苦労したが、オクタヴィアがスープを飲んだという朗報を聞くだけで、仕事をこなす活力が湧いてきた。

だがその翌日、オクタヴィアの顔を見に行ったルーシャスは、寝室に彼女がいないことに仰天し、近くにいた使用人たちに呼びかけて彼女を捜した。公爵夫人の手の者が連れ去ったのではないかと思い、肝が冷えた。血相を変えて怒声を上げる主人に、使用人たちも蒼褪めた顔で捜索に当たったが、彼女はすぐに見つかった。

厨房で料理人たちとにこやかに談笑していたのだ。

（なぜこんな場所に！）

病み上がりなのに、ガウンを羽織っているとはいえ寝間着姿で、こんな場所まで一人で歩いてくるなど正気の沙汰ではない。また倒れでもしたらどうするのか。

心配のあまり、彼女の顔を見るなり怒鳴ってしまった。

きっと怒鳴られた経験などなかったのだろう。それはそうだ。彼女は大切に育てられた花だ。大事に、風からも雨からも守ってやらなくてはならない高貴な存在で、男の怒声を浴びたことなどあるわけがない。

案の定、彼女は泣き出した。泣きながらでも詰《なじ》ってくれたなら良かった。それならすぐに謝れた。けれどオクタヴィアは、無言でハラハラと涙を零したのだ。大きな目を見開いたまま、透明な雫をポタポタと。

ガン、と後頭部を鈍器で殴られたような気がした。

(傷つけた)

欲しいと願い続け、ようやく手に入れた大切な妻を、傷つけ、泣かせてしまった。

こんな時どうしたらいいのか、ルーシャスには分からなかった。人を泣かせたことは数えきれないほどあるが、慰めたことがない。そもそも自分が人を泣かせるのは、泣かせる必要がある時なのだから。

どうすればいいのだろう、とオロオロと解決策を思案するのに答えが出ず、ただ泣き続けるオクタヴィアを見ていられなくて、ルーシャスはその場を立ち去った。

逃げたのだ。

人を踏み台にして成り上がった守銭奴ルーシャス・ウェイン・アシュフィールドが、妻の涙を前にして成す術がなかった。

意味もなく屋上へと向かったのは、そこにはルーシャスの心の拠り所があったからだ。温室——薔薇を育てるための温室だ。

初めて会った時にオクタヴィアがくれた種を、お守りのようにずっと持っていた。はじめの頃は、持っているだけで彼女と繋がっていられる気がして満足だったが、裕福になり様々な面で余裕が出てくると、この種を咲かせてみたいと思うようになった。

調べてみると、薔薇は種から育てるのが難しい植物だと分かり、限られた数しかないこの種を確実に発芽させるために専用の温室を作った。最初の温室はここではない別の場所にあったが、オクタヴィアのための箱庭となるこのホテルを購入した時に、薔薇の温室もここにあるべきだと思い、移動させた。

話に聞いた通り、薔薇を種から育てるのは非常に苦労した。十粒あった種の中から発芽したのは四つ、更に本葉が出たのは二つだった。そのうち大きく育つことができたのは、たった一つ。薔薇は温度や湿度といった環境の変化であっという間に枯れてしまう。だが忙しいルーシャスが付きっ切りで薔薇を見ていることはできず、代わりに薔薇を管理してくれる人を探さねばと考えた時、頭に浮かんだのがオリバーだった。ルーシャスの人生において信頼できる人物は少ないが、彼はその貴重な一人だ。なんの見返りもなく自分を助けてくれた人だった。問題はオリバーに薔薇を育てる能力があるかどうかだったが、幸いにして土仕事は彼の性に合っていたようで、見事な働きぶりを見せてくれた。たった一つ残ったオクタヴィアの薔薇の苗が、花を咲かせるまでに成長することができたのは、オリバーの助力があってこそだ。

最初の花が咲いた時には、不覚にも感動して泣きそうになってしまった。

大輪の花はクリームのように滑らかな白色で、中央に行くほど薄紅に染まる。その美しいグラデーションはいつ見ても目を奪われる。更に芳香がまた素晴らしかった。わずかに柑橘《かんきつ》のような爽やかさを感じさせる、上品で艶やかな甘い香りだ。

まさに、オクタヴィアそのものだと思った。

だからだろうか。オクタヴィアの薔薇を世話するのは、なぜか心が安らいだ。疲れた時やままならない事案が生じた時には、必ずここで薔薇を眺めるようになっていた。

飛び込むように温室に入ると、オリバーが目を丸くした。

『どうしたんですか、そんなにイライラして』

『イライラなどしていない』

即座に反論すると、オリバーは呆れた顔をした。

『いや、しとるでしょうが。そんな、寝床を探す犬みたいにウロウロして……』

犬とはなんだ、失礼な。と思ったが、ルーシャスはこの老人にはなぜか強い物言いができない。代わりにむすっと唇を引き結んでいると、老人はやれやれと、悪い方の脚を庇うようにして立ち上がる。そうして温室の脇に置いてあるベンチを指し、座るように促してきた。ルーシャスはしぶしぶながら彼に従った。

『何があったんです？』

『……妻を泣かせてしまった』

どすん、とベンチに腰を下ろしながら呻くように白状した。こんなことを口に出してしまったのは、相手がオリバーだったのもあるが、本当にどうしていいか分からなかったせいだ。言った直後にゴンッと頭頂部に衝撃がきた。オリバーに拳で殴られたのだ。

『な……!?』

ルーシャスが目を見開いて顔を上げると、オリバーはふさふさとした眉毛を吊り上げて激怒していた。

『このばかもの！　妻を迎えたら浮気はするなと、あれほど言っただろうが！』

とんだ誤解である。

『浮気などしていない！　俺は妻一筋だ！』

『この間、女を膝にのせた写真が新聞にでかでかと載っていたのを見たぞ！　よくもまあ抜け抜けとそんなことが言えたもんだ、このろくでなしめ！』

怒鳴られて、またその話かとうんざりした。あの新聞の件では、オクタヴィア以外にも、ローランドやホテルのメイドたちにまで責められまくったのだ。

『あれは勝手に膝にのられただけだ！　何もしてない！　妻以外の女に食指が動くわけが

ないだろう！』

苛立ちもあって怒鳴り返すと、オリバーは口をあんぐりと開けて黙りこんだ。そして深々とため息をつく。

『……ルーシャス、そんなこと、お前以外の誰も分かるわけがないだろう……』

『そんなこと？』

『お前さんが、夫人を愛しているってことだよ』

指摘され、目を瞬く。考えたこともなかった。

いくら強く思っても、どれほど切実に願っても、誰かがそれを汲み取って叶えてくれることはない。ルーシャスにとって想いとは自分だけのもので、願いは自分で叶えるものでしかなかった。実際に、そうやって欲しいものを摑んできた。

だから自分の気持ちをわざわざ他者に伝える必要があるとは思わなかった。他者に何かしてほしい時は指示を出すからだ。逆に、指示以外のことをしてほしいとは思っていない。だから他人もそう考えているだろうと思っていた。

『なぜ分からせる必要があるんだ？』

眉間に皺を寄せて問うと、オリバーが酷く悲しそうに笑った。

『寄り添い合うためだ。お互いを理解し合って、共に生きるために。そうすることでしか人は誰かと生きていくことはできないんだ。お前さんのやり方では、この先ずっと独りで生きていくしかなくなってしまうぞ』

そんな、とルーシャスは焦った。オリバーの言い方では、まるで自分が今でも独りで生きているかのようではないか。自分はオクタヴィアと結婚し、彼女を手にしたはずなのに。

そう言うと、オリバーはもう一度ため息をついた。

『その手にしたはずの彼女を泣かせたんだろう？　どうして彼女は泣いたんだ？』

指摘されて、ルーシャスはグッと言葉に詰まる。

怒鳴ってしまったから怯えたのだろうと思った。だが本当にそれだけだろうか。

それだけなら、なぜ自分はオクタヴィアの傍にいないのだろう。彼女の涙を拭い、怒鳴ったことを謝って、彼女が心配だっただけなのだと弁明すればいいはずなのに。

（……それをしないのは、怖いからだ）

いつからか――いや、もしかしたら最初からだったかもしれない。オクタヴィアの藍色の目には訴えかけるような感情が浮かんでいた。

その訴えを聞くのが怖いのだ。

（もし、俺の傍から離れたいと言われたら……？）

そもそもオクタヴィアにとってこの結婚は望んだものではなかっただろう。父親に金で売られて、仕方なくルーシャスのもとへ来ただけだ。

だがルーシャスはそれで良かった。彼女が自分の手の中にいるだけで満たされた。ちょうど、この温室の薔薇のように。

（――だが、オクタヴィアは？）

オクタヴィアはルーシャスの手の中にいることを嫌がっているのかもしれない。ルーシャスは平民だ。貴族として育った彼女にしてみれば、さぞかし野蛮で理解しがたい生き物だろう。

だから、彼女の身の回りのあらゆる物に贅《ぜい》を凝らした。ルーシャスが貴族に勝てるものは金だけだ。貴族が持つ物よりも上等の物で取り囲めば、オクタヴィアもきっと満足してくれるはずだ。

そうして彼女を贅沢品で十重《とえ》二十重《はたえ》に包み込んでも、藍色の瞳は訴えかけ続けた。

（これでもだめなのか。俺はどうすればいいんだ）

その内、彼女に近づくのが怖くなった。どうしようもなく触れたいのに、触れて逃げられるのが怖かった。彼女を手に入れるために生きてきたのに、彼女を失ってしまえばどうやって生きていけばいいか分からない。

頭を抱えて黙りこんだルーシャスに、オリバーが剪定鋏《せんていばさみ》を握らせた。

『なんだこれは』

『鋏さ』

『見れば分かる』

これは何かの暗喩《あんゆ》か、と眉間の皺を深くしていると、オリバーが温室に咲き誇る薔薇を指さした。

『泣かせたなら、謝って慰めてくるんだな、花を持って。女性は花が好きなもんだ』

言われて、ルーシャスは首を捻りつつも立ち上がる。謝りに行くのに、花を持っていく必要はあるのだろうか。それにオクタヴィアにあの薔薇を渡すのかと思うと、妙に気恥ずかしい気持ちになる。

だが信頼するオリバーの助言だ。きっと正しいのだろう。

ルーシャスは唇を引き結び、大事に育てた薔薇に鋏を入れた。

無心で切ったせいで、やたらと大きくなってしまった薔薇の花束を持って、急いで厨房へ向かった。オクタヴィアはまだいるだろうか。もう部屋に戻ってしまったか。最初にどう声をかけよう。まずは謝って——そんなことを頭の中で考えながら階段を下りていると、すすり泣く声が鼓膜を震わせた。オクタヴィアの声だと、すぐに分かった。

思わず足を止めたルーシャスは、それ以上階段を下りることができなかった。すすり泣くオクタヴィアが、あまりに悲しそうで、苦しそうで。

そんな思いをさせたのが他でもない自分だと思うと、情けないことに足が竦んだ。

(——俺が声をかければ、また泣かせてしまうかもしれない……)

グッと拳を握って、音を立てないようにそっと階段を戻る。

薔薇ごときで彼女の歓心を買おうなどおこがましい。もっと入念に準備をして、彼女に謝らなくてはならない。

そうしていつか、オリバーの言ったように、この胸の裡を彼女に晒すことができたら――。


結局渡せなかった薔薇は、執務室に飾った。

あの薔薇を見る度、オクタヴィアに自分の想いを告げなくてはと思う。

だが同時に、彼女の涙が頭に浮かび、意気消沈してしまうのだ。

そんな自分を情けなく思っているのは、他ならぬ自分自身だ。

（いつまでこんな情けないことをしているつもりだ、ルーシャス・ウェイン・アシュフィールド）

車へ向かいながら、ルーシャスは心を決める。今日ホテルに帰ったら、オクタヴィアに話そう。彼女に謝り、己の胸の裡を曝《さら》け出すのだ。

そんなことをしたことがないから、おそらく難しいとは思うが、それでもやらなくては。

彼女を失うかもしれないのだ。そうなったら地獄だ。

「よし」

珍しく独り言を呟きながら大通りを見回すと、目の端に淡い金色が見えた。

心臓がドクリと音を立てる。

見間違えるはずがない。それは愛する妻の髪の色だ。

すぐにそちらを凝視して、また心臓が嫌な音を立てた。

「オクタヴィア……？」

そこには、見知らぬ男と抱き合うようにして寄り添うオクタヴィアの姿があった。

足元がガラガラと崩れていく感覚に陥って、冷や汗が背中を伝う。

（オクタヴィアが、他の男と……？）

自分を捨て、他の男を選んだということか？

オリバーの声が頭に響く。

『お前さんのやり方では、この先ずっと独りで生きていくしかなくなってしまうぞ』

嫌だ、と心の中で叫んだ。嫌だ。

絶対に、オクタヴィアを手放したくない。

（彼女は俺のものだ）

嫌な想像を振り払いながら見ていると、オクタヴィアと男は馬車に乗り込み、発車してしまった。

「逃がすものか！」

ルーシャスは歯を食いしばると、自分の自動車のある場所へ走り出した。

＊＊＊

オクタヴィアがホテルに戻ると、エントランスには人がごった返していた。皆ホテルの従業員だ。

「あっ、オクタヴィア様！」

人だかりの中にいたマリアが、ダービー伯爵の馬車から降りてきたオクタヴィアに気づき、血相を変えて駆け寄ってくる。

「オクタヴィア様！　良かった！　ご無事でしたか！」

「ええと、ごめんなさい。もしかして私を心配して……？」

そういえば、誰にも説明せずに飛び出してしまったのだった、と思い出して、オクタヴィアは焦って謝った。きっとここにいる人たちは、オクタヴィアを心配して集まっているのだろう。

「そうですよ！　急に飛び出していかれるなんて！　何かあったらどうするんですか！」

半泣きのマリアに叱り飛ばされ、オクタヴィアは小さくなってもう一度謝る。

それにしてもこのホテルの人たちは、自分が独りで外出できない子どもだとでも思っているのか。少し過保護すぎやしないだろうか。

「どうやらお任せしてもよさそうですね」

使用人たちに囲まれるオクタヴィアに、クスクスと笑いながらダービー伯爵が言った。

ようやくそこで彼の存在を思い出し、オクタヴィアは慌てて振り返って礼を言う。

「ご親切に、ここまで送ってくださってありがとうございます」

「いえ、困った時はお互い様ですよ。顔色もずいぶんと良くなられたようですから、私はここで」

にこやかに帽子を持ち上げて会釈し、馬車に戻ろうとしたダービー伯爵は、何かを思い出したようにこちらを振り返った。

「——そういえば、これも何かの縁ですし、よければこれを……」

手渡されたのは、オペラ公演のチケットだった。

「私の知り合いがこの劇場に投資していましてね。今夜の席なので急ではありますが、評判の良い劇団のようですよ」

「まあ、いいのですか？」

「ええ。私も楽しみにしているんですよ」

オクタヴィアは嬉しくなってチケットを受け取った。演劇を見るのも、音楽を聴くのも大好きだ。オペラを観劇するのはどれくらいぶりだろうと、胸を弾ませる。

「もし来られるなら、またお会いできますね。楽しみにしていますよ」

ダービー伯爵はそう言うと、にこりと微笑んで去っていった。

（なんて紳士的な方。いい人ね）

手を振って馬車を見送っていると、背後でメイドたちがひそひそと言い合っている。

「ヒェ、紳士な上にスマート！　好感度高すぎ！　かえって胡散《うさん》臭い！」

「オーナー、形無しじゃない」

「オクタヴィア様、フラッとしちゃうんじゃ……!?」

どうやらオクタヴィアが送られてきたので、ダービー伯爵との仲を疑っているようだ。

困ったものね、と肩を竦め、オクタヴィアは彼女たちを窘める。

「ばかなことを言うものじゃないわ。ダービー伯爵は、道で倒れそうになっていた私を介抱してここまで送ってくださっただけよ」

言いながらホテルの中に入ろうとしたところへ、ものすごいエンジン音が聞こえてきた。

ハッとして振り返ると、ルーシャスを乗せた自動車が走って来るところだった。

（――ルーシャス……）

オクタヴィアは眉根を寄せる。ケイトリンと抱き合う夫の姿が、目に焼き付いていた。

胸の中が黒い靄《もや》でいっぱいになり、オクタヴィアは顔を背けてホテルの中へ入った。

今はルーシャスの姿を見ていたくなかった。

だが足早にエレベーターへ向かっていると、背後からルーシャスの怒声が追いかけてきた。

「オクタヴィア！　待つんだ！」

ビリビリと建物に響くようなその声に、オクタヴィアはゾッとして思わず走って逃げてしまう。ただでさえルーシャスを見たくないのに、怒っている彼の傍になどいたいはずがない。呼びかけを無視して走って逃げたオクタヴィアに、ルーシャスもまた走って追いかけてくるのが足音で分かった。

そうなればより一層逃げたくなるというものである。

（嫌だ、来ないで！）

肉食獣に追われるウサギはこんな気持ちなのかもしれない。焦りながらドレスの裾を持ち上げ、エレベーターを目指して足を懸命に動かした。驚く使用人たちとすれ違いながら、ようやくエレベーターまで辿り着くと、急いでドアを開こうと手を伸ばす。

その手の横に、ダン、と大きな音を立ててルーシャスの手が置かれた。

「捕まえたぞ」

まるで地の底から這い上がってくるような低い声が真後ろから響く。追いつかれた、と血の気が引いたが、こうなっては対峙するしかない。

オクタヴィアは勇気を奮い立たせて、クルリと後ろを振り返った。ルーシャスが覆い被さるようにして、こちらを見下ろしていた。

無表情だけれど、その目が完全に据わってしまっている。今にも獲物に飛び掛からんとする虎のようだった。

「待てと言ったのが聞こえなかったのか？」

オクタヴィアはゴクリと唾を呑み込んで、夫を睨みつける。

「あなたに待てと言われたら、私は犬のように命令を聞かなくてはいけないのですか？」

反論すると、ルーシャスは一瞬絶句した。ルーシャスの機嫌が更に急降下したのを感じたけれど、オクタヴィアは臆しそうになる自分を叱咤する。怖くなどない。自分を蔑ろにする人間に臆していたら、何もできない。

「なんだと？」

「あなたは私を飼い犬だとでも思っているのでしょう。餌と住処を与えておけばいい、都合のいい時だけ構う愛玩《あいがん》動物。まさに私のことじゃない」

ずっと心の中で思っていたことを言ってやった。本当は今にも声が震えてしまいそうだったけれど、それを絶対に悟られたくはない。少しでも声が通るようにと、グッとお腹に力を込めて背筋を伸ばした。

「飼い犬……？　餌……？　そ、んなわけないだろう！」

ルーシャスはそのたとえにギョッとした顔になって目を吊り上げたが、オクタヴィアはずっと思ってきたことだった。

「何が違うのですか？」

「なんだと？」

挑戦的に顎を上げると、ルーシャスが顔を顰める。

「あなたは私をこのホテルに押し込めて、軟禁している上に、会話もほとんどしないばかりか、最近は顔も見ようとしない」

「そ、それは……」

オクタヴィアの言っていることは全て事実だ。それを否定するつもりはないようで、ルーシャスはグッと言葉に詰まった。その表情に、今だとばかりに畳みかける。

「豪華な食事やドレスを与えて世話をする人を置いておけば、私が何を考え、どうしたいかなんて気にしないってことでしょう？　それは愛玩動物と何が違うのです？　いいえ、よく考えたら、愛玩動物より酷いわね。愛玩動物はちゃんと愛してもらえるもの」

ルーシャスには他に愛する女性――ケイトリンがいるのだ。もしかしたら、オクタヴィアが知らないだけで、もっと他にも愛人がいるかもしれない。この男のことだから、愛人のことも愛玩動物だと思っているのかもしれないが、それでも愛情を傾けてもらえるだけ自分よりもマシなのではないか。

「所詮、私は金で買った賞品妻ですから、あなたにとっては飼い犬で十分なのでしょうが……」

言いながら虚しくなってきた。

どうしてこんなことを言わなくてはならないのだろう。結婚とは、こんなにも虚しいものだったのか。互いに歩み寄り、支え合う夫婦になりたいと、あれほど願っていたのに。

（……もう、無理なのかもしれない）

ルーシャスと分かり合うことなんて、自分には無理だったのだ。そもそも彼には妻と向き合うなどという考えがないのだから。

「おい、いい加減にしないか。さっきから、飼い犬だの、賞品妻だの、意味が分からないことを――」

（ほら、ね）

乾いた笑いが込み上げる。

ルーシャスは、オクタヴィアの話を理解しようとしない。どうでもいいと思っているからできるのだろう。オクタヴィアの気持ちや考えなど、彼にとって価値のないものだから。

「ふふ」

色のない乾いた笑い声が、喉から漏れ出た。

その声にルーシャスがハッとした表情になったが、オクタヴィアはもうどうでもよい気持ちになっていた。

「この結婚は、間違いでした」

静かな声で言った。とても平坦な声色だった。

自分で言って、とても納得した。間違いだったのだ。自分たちの結婚は、確かに間違いだった。そうでなければ、ここまで分かり合えないはずがない。

「あなたは独りで生きていけるわ、ルーシャス」

妻など必要ない。オクタヴィアがいなくとも、ルーシャスは何も変わらない。

なぜなら、結婚してから今まで、ルーシャスは何一つ変わっていない。彼にとっては、変える必要がないのだろう。妻を得ても、彼の人生は何も変わらない。

精力的に仕事をして、自分だけの時間を生き、女性たちと遊んでいる。妻がいなかった時と、なんら変わらない生活を送っている。

それならば、ルーシャスにとって妻《オクタヴィア》は不可欠な存在ではないのだろう。

オクタヴィアの言葉に、ルーシャスは目を見開いたまま固まっていた。愕然としているようにも見える。

彼にしては珍しい表情だったけれど、それももうどうでもいい。

オクタヴィアはくるりとエレベーターの方に向き直ると、扉を開けて中に入り込む。

一緒に乗り込んでくるだろうかと思ったけれど、ルーシャスはそのまま動かなかった。

オクタヴィアは夫の目の前でドアを閉め、エレベーターのレバーを引いた。

第七章　花

　部屋に戻るなりクローゼットを開け始めたオクタヴィアに、メイドたちが困惑の表情で顔を見合わせている。

　ホテルを飛び出して皆に散々心配をかけた挙句やっと帰宅したかと思ったら、今度は服の物色を始めたのだから、どうしたのかと思って当然だろう。

（……ひょっとしたら、家出しようとしていると思っているのかも……）

　メイドたちの心境を想像して、少しおかしくなった。

　心配しなくても、そんなことができるわけがないのに。

　どれほど夫婦喧嘩をしても、オクタヴィアにはここの他に行く場所などない。実家に逃げても、父が困るのは分かっている。ノースクリフ侯爵家は、ルーシャスの援助がなくなればあっという間に破産してしまうのだから。

　かといって、ルーシャスの庇護のないところへ逃げて独りで生きていけるわけもない。オクタヴィアは自分がいかに箱入りであるかを知っている。父によって、蝶《ちょう》よ花よと育てられ、結婚後はルーシャスの財力によって守られてきた。オクタヴィアは自分で掃除をしたこともなければ、洗濯をしたこともない。料理だって何一つ作れないのだ。市場へ行って食材を買おうにも、何を買えば何を作れるのかすら分からない。そんな自分が、世間に独りで放り出されて、生きていけるわけがない。

（……分かっている。私は甘えているんだって）

結婚前は父に、結婚後は夫に。自分の全ての糧を庇護者から与えられなければ生きていけない。そんな脆弱な存在なのだ。

（飼い犬と思われて当然なのよ）

愛玩動物となんら変わらない。ルーシャスがオクタヴィアを人間扱いしないのも、無理はない。

（問題は、ルーシャスだけではなく、私にもあるんだわ）

これまで言語化してこなかったから曖昧な感情だったが、おそらく自分はルーシャスと対等でありたいのだ。そもそもお互いに理解し合い、寄り添い合うというオクタヴィアの理想は、互いに自立していて初めて成り立つことだろう。

（ルーシャスに全てを依存している私じゃ、そんなことを言うのはおこがましいのだわ）

寄り添い合うも何も、自分の全てを彼に預けているのだから。これでルーシャスが寄りかかってくれれば、寄り添うどころか一緒に倒れて自滅するだけである。

「……行きつく先は、心中じゃない」

そんな未来が欲しいわけではない。

――ならば、どうすべきか。

(私も、自立しなくてはいけない)

この国のほとんどの貴族令嬢と同様に、オクタヴィアは『女性の人生とは、結婚前は父に、結婚後は夫に預けるもの』と教育されてきた。だからより条件の良い夫を選び出すことが重要だと言われてきたし、そう思っていた。

だが、ルーシャスと結婚したことで、そうではないのかもしれないと思うようになった。働くことを下賤な行為とする貴族と違い、平民は当たり前に皆働いている。

ルーシャスのホテルで、使用人たちは皆忙しそうだが、同時に活き活きして楽しそうだ。レディーズメイドたちの会話を聞いていても、「給料が上がった」と嬉しそうに言っていたり、「今度の給料で新しい靴を買うの」と未来の計画を立てたり、とても楽しそうに輝いて見える。

(みんな、自分の人生を謳歌《おうか》している)

それは自分の力で生きているからだ。自分の足で立っているから、自信をもって「生きている」と言えるのではないだろうか。

もちろん、働くことだけが自立だとも思わない。寄り添い合うということには、精神的な意味だって含まれるから。オクタヴィアの両親がいい例だ。父は母を心の拠り所としていて、亡くなった今も母の写真に語りかけることが日課であるほどだ。

だが、精神的な意味でも、今のオクタヴィアはルーシャスを支えているとは言いがたい。ルーシャスはオクタヴィアがいなくとも、なんの支障もない。実際に結婚後一か月も離れていたし、同じホテルにいる今も、滅多に顔を見ないほどなのだ。オクタヴィアなどいてもいなくても同じであることは明らかだ。

（心の支えになれている実感があったら、ここまで自信を失うことにはならなかったわ）

そう思って初めて、オクタヴィアは自分に自信がないのだと気づいた。

（……そうか、私、自分に自信がないから、不安なのね）

思えば結婚して以来、ずっと不安だった。ルーシャスが向き合ってくれないからだと彼ばかりを責めていたけれど、その不安の原因は自分の中にこそあったのだ。

自立すること。自信を持つこと。

この二つを成し遂げられたら、自分はルーシャスと相対することができるのではないだろうか。

（自立はともかく、自信ってどうやったら持てるのかしら……）

うーん、と考え込んだオクタヴィアに、リリアナが恐る恐るといったように声をかけてきた。

「あの……、ドレスをどれにするかでお悩みなのでしょうか？」

クローゼットの前で唸っていたので、ドレスを決めかねているのだと思われたらしい。

オクタヴィアは「いいえ」と首を振りかけ、思い直して「そうなのよ」と首肯した。今考えていることを説明するのが面倒だったし、ドレスも選ばなくてはならないのだ。

「オペラに行くから、イヴニングドレスを選ぼうと思って。どれがいいかしら」

気分転換に、先ほどもらったチケットでオペラ鑑賞をするつもりだった。どうせこのホテルにいても、ぐるぐると考え続けるばかりなのは目に見えている。

「えっ!?　オペラへ!?　さ、さっきの好印象な紳士とですか!?」

リリアナがギョッとした顔をして叫ぶものだから、オクタヴィアは深いため息をついた。まだ疑っていたらしい。

「チケットは確かにもらったけれど、ダービー伯爵と一緒に行くわけじゃないわ。私は結婚しているのに異性と遊ぶほどふしだらではないの。――誰かさんと違って」

ついそんなイヤミを口走ってしまい、ハッとした。リリアナが悪いわけではないのに、これでは八つ当たりだ。オクタヴィアは慌てて謝った。

「ごめんなさい。あなたに怒っているんじゃないの」

「いいえ、気になさらないでください。オクタヴィア様のお気持ちは十分に分かっております。……ですが、オペラは行けるかどうか……」

困ったように眉を下げて言うリリアナに、オクタヴィアはもう一度ため息をつく。

「外出禁止というやつね。でもそんなもの、どうして私が律儀に守らなくちゃいけないのかしら？　あの人は外で女性と遊びたい放題だというのに私は軟禁だなんて、どう考えても不公平だわ」

ぶつぶつと不満を口にする内に、自分はなぜそれを直接ルーシャスに言わないのかと思ってきた。直訴してなおダメだと言うなら、昼のように強行突破すればいい。

「……いいわ、堂々と異議を申し立てることにするから。リリアナ、真紅のドレスを出してちょうだい」

こういう時には赤を着なくては。赤は、闘牛士のように勇ましい気持ちにしてくれる。

挑戦的に言ったオクタヴィアに、メイドたちは心配そうに顔を見合わせたのだった。


真紅のドレスに毛皮のコートを羽織ったオクタヴィアがエレベーターを降りると、そこには待ちかねたようにルーシャスが腕を組んで立っていた。

彼もどこかへ行くのだろうか。漆黒の燕尾服に、上品なベージュのチェスターフィールドコートを羽織っている。ビックリするほど脚が長く、立っているだけで様になっているのがなんとも悔しい。

一瞬驚いたものの、オクタヴィアは背筋を正して歩いていく。今日は何を言われようが、絶対にルーシャスの言う通りにはするものか。

（どうせ文句を言って止めようとするのでしょう）

文句を言われたら噛みついてやる、と物騒なことを考えていると、スッと腰を抱かれて目が点になる。

「——なんです？」

なぜ腰を抱いているのだ。オクタヴィアの冷たい視線も意に介さず、ルーシャスは淡々と告げた。

「オペラに行きたいんだろう？　俺も行く」

そう来るとは思わなかった。

「なぜそれをあなたが知って……」

オクタヴィアは言いかけて、メイドの誰かがルーシャスに伝えたのだろうと推測する。なんだかんだ言って、使用人たちはルーシャスの味方——というより、オーナー夫婦が上手くいくことを願っている様子だ。

とはいえ、ルーシャスの思惑通りになるのが悔しくて、ツンとそっぽを向いてやった。

「そうですか、どうぞご自由に。チケットは一枚しかないわよ」

「桟敷席を取った」

事もなげに言われて目を瞬く。ダービー伯爵は人気の劇団だと言っていたのに、直前でそんな良い席が取れるなんて。

思っていることが顔に出ていたのか、ルーシャスがフンと鼻を鳴らした。

「俺はあの劇場の大株主だ」

「……あら、そう」

ここまでくると鼻白んでしまう。この国でこの男の息のかかっていない会社は、果たしてあるのだろうか。

馬車に乗り込み、ローランドに見送られて出発すると、車内では無言が続いた。夫婦喧嘩中なのだから当然だが、重苦しい空気に胃が痛む。

今日は自動車ではないのだな、とどうでもいいことを思いながら車窓の景色を眺めていると、不意にルーシャスが言った。

「あなたを飼い犬だと思ったことはない」

オクタヴィアは黙ったまま夫へと視線を移す。

ルーシャスはまっすぐにこちらを見ていた。睨むような眼差しだったけれど、その金色がどこか頼りなげに見えるのは、夜の暗がりのせいだろうか。

「あなたは俺の妻だ」

きっぱりと宣言され、オクタヴィアはどう答えようか思案した。だが返しを求めていないのか、ルーシャスはすぐに続ける。

「あなたのために、ホテルを買った」

(——えっ?)

意表を突く発言に、目を見開いてしまった。

「わ、私のって……あのナイツ・プライド・ホテルは、私のために買ったということですか?」

動揺のあまり声が震えたが、ルーシャスは当然だとばかりに頷く。

「夫婦で住む家が必要だろう」

「い、家……?」

どこの世界に妻と住むのに巨大なホテルを買う人がいるのか。呆気に取られて言葉を失っていると、ルーシャスはなおも続けた。

「あなたを乗せる自動車も買った。服も、靴も、宝石も買った。調度品も全てあなたに相応しい物に買い替えた。俺は貴族の暮らしも礼儀も知らない。だからできるだけ豪華な物を用意して、あなたが困らないようにしたかった。与えておけばいいなんて思っていない。俺が選んだ物であなたが囲まれていると安心できたんだ」

ルーシャスの口調は、至極当然のことを話すように淡々としている。だがそれがかえって彼の気持ちを表している気がして、オクタヴィアは黙って聞いていた。

(……あのお城のように豪華なホテルも、おびただしい数のドレスも、最新の自動車も、てっきりあなたが富をひけらかすために買ったのだと思っていた……）

行き過ぎなほどに贅を凝らした暮らしは、ルーシャスの自尊心の現れなのだと思っていた。だがそうではなく、オクタヴィアに不自由をさせないためだったのか。

本当だろうか、と一瞬思うけど、彼は嘘はつかない。

（……これまでルーシャスにはたくさん腹を立てさせられてきたけれど、嘘だけはつかれたことがなかったわ）

逆に言えば、嘘やごまかしがないくせに、そこに対する説明をしないから、夫婦間で摩擦が起きているのかもしれないが。

「……そうだったの……。でも、私はあんなに豪華な物は要らないのよ。行き過ぎた贅沢がしたいのではないの。高価じゃなくても、気に入ったものを大切に長く使っていたいの」

オクタヴィアが言うと、ルーシャスはグッと眉間に皺を寄せて難しい顔になった。

「……あなたの気に入った物とはなんだ？」

答えればすぐにでもそれを用意しそうな雰囲気に、苦い笑みが漏れる。

「最近はこれといって……、まだ見つけていないけれど。でも見つけたら、あなたに最初に教えるわ」

「そうしてくれ」

生真面目に頷くルーシャスを見ながら、オクタヴィアは目を閉じた。

（この人は、私が思っていたよりもずっと、口下手なのかもしれないわ……）

夫婦喧嘩の後の気まずさと反省を乗せて、馬車は夜道を走る。劇場までの残りの道のりも再び沈黙が下りたけれど、先ほどよりも少しだけ息苦しさは薄れていた。

＊＊＊

劇場に着くと、ルーシャスは肘を差し出してオクタヴィアをエスコートした。その所作は完璧で、以前に自分が教えたことをちゃんと覚えてくれているのだと、オクタヴィアは少し感動してしまった。

ルーシャスが用意したという桟敷席はさすがの眺めだった。久々に観るオペラは素晴らしかったが、隣に座るルーシャスがオペラではなく自分の方ばかり見ているのが気になって、あまり集中できなかった。

「私を見るのではなく、オペラを観てください」

横目で睨みながらこっそり文句を言うと、ルーシャスはまだこちらを見たまま答える。

「オペラは好きではない」

じゃあ来なければ良かったのでは、と言いたくなったが、ヒロインのソロが始まったのでそちらに意識を戻した。その後もずっと隣からの視線を感じ続け、気まずいやら気恥ずかしいやらで大変困ってしまった。お願いだからオペラを観てほしい。

ようやく幕間《まくあい》となった時、オクタヴィアは耐えきれず席を立った。

「どこへ行くんだ」

「お花を摘みに行ってきます」

観劇中ずっと観察され続け、どうしていいか分からない。夫の顔は美しすぎて、近くで見つめられるとドキドキして落ち着かなくなってしまうのだ。

（……馬車の中の言動といい、少しおかしいわ。どうしたのかしら……？）

喧嘩の時にオクタヴィアが言ったことが少しは効いたのだろうか。

そんなことを期待しつつラバトリーを探して歩いていると、突然、ドォオン、という大きな音が振動と共に起こった。

「きゃあっ！」

オクタヴィアは悲鳴を上げてしゃがみ込む。周囲の人々も同じように動揺していたが、やがて「火事だ！」という叫び声が聞こえて、あっという間に大騒ぎとなった。

（火事!?　嘘でしょう!?）

逃げ出す人々で狭い通路がごった返し、オクタヴィアはもみくちゃにされてしまう。だがその怒濤《どとう》のような流れに必死で逆らった。ルーシャスのもとへ戻らなくては。

「アシュフィールド夫人！」

人々の怒号や悲鳴が響く中、自分を呼ぶ声がして、ガシリと腕を掴まれる。

激流のような人の流れの中、藁《わら》をも掴む思いで相手を見ると、そこには昼間に助けてもらった恩人の顔があった。

「ダービー伯爵」

「会えて良かった！　とにかくこちらへ！」

腕を引かれて外へと促されたが、オクタヴィアは首を横に振る。

「ダメです！　まだ夫が中に！」

「大丈夫、夫君はきっと自力で脱出されます！　あなたはとにかく早く！」

ルーシャスのことは心配だったが、この緊急時に会場の中へ戻るのが愚策であることは、オクタヴィアにも分かった。

心配を振り切るようにして、ダービー伯爵に付いていく。

ようやく外へ脱出し、ほっと安堵した。

だがその瞬間、口元に強い刺激臭のする布を押し当てられた。

「——ッ、な……!?」

抗いの声を上げる間もなく、オクタヴィアの目の前が急激に霞んでいく。

完全に意識が落ちる寸前、「すみません」と謝るダービー伯爵の声が聞こえた気がした。

＊＊＊

「オクタヴィア！　オクタヴィア！　どこだ！」

爆発音に続き、「火事だ！」という声を聞いた瞬間、ルーシャスは桟敷席を飛び出していた。

（オクタヴィア……）

どうして彼女の傍に張り付いていなかったのだろうか。ラバトリーへ行くと言われて、さすがにそこまで付いていくのはマナー違反だと躊躇してしまったが、やはりついていくべきだった。

「お前たちも手分けしてオクタヴィアを捜すんだ！」

人でごった返す中、付いてきていた護衛たちに命令する。

だが散々捜しても見つからず、護衛たちがルーシャスに言った。

「ですがこれだけ捜しておられないのです！　もう外へ脱出されたのでは!?」

「建物内は我々が引き続き捜します！　オーナーは外に夫人がおられないか確認してください！」

ルーシャスは「頼んだ」と言い置いて外へ走る。

外も、逃げ惑う人や野次馬で埋め尽くされていた。

必死にオクタヴィアの姿を捜すのに見つからず、焦る気持ちで頭がどうかなりそうだった。

「クソ！　オクタヴィア！」

大声で妻の名を叫んだ瞬間、目の前にスッと男が立った。まるでルーシャスの行く手を阻むような動きは明らかに不審で、眉根を寄せつつその顔を見る。見知らぬ顔だった。

「ミスター・アシュフィールド」

「――誰だ、お前は」

唸るような誰何《すいか》の声にも、男は怯まなかった。にこり、と目の笑っていない笑顔を浮かべ、ゆっくりと頷く。

「高貴なお方の使いです」

は、と失笑が漏れた。心臓が凍てつきそうだった。

(――なんてこった)

恐れていたことが起きてしまった。絶対に、オクタヴィアを危険な目に遭わせてはいけないのに。そのために彼女を軟禁していたというのに、なぜ油断してしまったのだろう。

「高貴なお方とはつるまない主義でね」

「無礼な真似をなさいませんよう。……夫人のお命が大切でしょう？」

揶揄するような響きすらある男の言葉に、ギリ、と噛み締めた奥歯が鳴った。

「ご同行を願えますね？」

慇懃無礼《いんぎんぶれい》な男を殴り飛ばしたいと思いながら、ルーシャスは絞り出すような声で言った。

「――オクタヴィアに一つでも傷を付けてみろ。貴様ら全員、切り刻んで魚の餌にしてくれる……！」

＊＊＊

オクタヴィアが目を覚ますと、そこは見知らぬ部屋だった。

古いけれど豪華な内装に、一目で貴族の屋敷だと分かる。どうやらリビングルームのソファに寝かされているようだ。

「……ここはどこ……？　私、どうして……」

頭がズキズキと痛み、軽く吐き気がした。それらをどうにか堪えながら、オクタヴィアは懸命に記憶を手繰《たぐ》りよせる。

「確か、ルーシャスとオペラを観に行って……途中で、爆発音が……」

頭の中に、逃げ惑う人々の姿が駆け巡った。自分もその中で藻掻いていたけれど、手を引いてくれる人がいて外へ出たのだ。

「そうだわ、ダービー伯爵……」

「お呼びですか」

オクタヴィアの声に応えるように、返事があった。驚いて顔を上げると、ちょうど水の入ったグラスを持ったダービー伯爵が、リビングに入ってくるところだった。

「あなた……、どうして私をこんなところに？」

ダービー伯爵に、何か強烈な匂いのする布を嗅がされたところで、オクタヴィアの記憶は終わっている。つまりオクタヴィアを昏倒させ、ここに連れ込んだのは彼だということだ。

目を吊り上げるオクタヴィアに、ダービー伯爵は困ったような表情でグラスを手渡そうとしてくる。だが自分を誘拐した相手からの飲み物など、受け取れるわけがない。

「要りません」

「大丈夫です、ただの水ですから。頭痛がするでしょう？　薬物を嗅がせてしまいましたので。水を飲んだ方が早く痛みが取れます」

まるで本気でこちらを心配するような台詞に、オクタヴィアは混乱して顔を顰めた。

「あなた……なんのために私を攫ったりしたのですか？」

まったく意味が分からない。ダービー伯爵は昼間会ったばかりの他人でしかなく、交流などなかった。この赤の他人に、どうして自分は攫われたのだろうか。

するとダービー伯爵はため息をついて、謝罪の言葉を述べた。

「本当に、あなたには申し訳ないことをしました。何から話せばいいか……まず、私のことを。私は父の跡を継ぐ前、ルクセント子爵を名乗っていました」

複数の爵位を持つ貴族の場合、その嫡子は上から二番目の爵位を儀礼称号として使用する。前ダービー伯爵は息子である彼に従属爵位を名乗らせていたのだろう。

「ルクセント子爵……？」

オクタヴィアはこめかみを押さえた。聞き覚えのある名前だった。

「……確か、何年か前に……タウンゼント公爵令嬢と……」

口に出すと、おぼろげだった記憶が明瞭になっていく。最後の方で口を濁したのは、言葉にするのが憚《はばか》られる内容だったからだ。

(ケイトリンが異性がらみのスキャンダルを起こした時の、相手だったはず)

驚愕するオクタヴィアに、ダービー伯爵は眉を下げつつ微笑んで頷いた。

「そうです。社交界の花であったケイトリンと、無謀にも駆け落ちしようとして失敗した間抜けな男が私です」

「そ、そんな……」

自虐的な自己紹介に、オクタヴィアは口元を引き攣《つ》らせて口ごもる。どう反応していいか分からなかった。

だが伯爵は気にしていないようで、ははは、と笑い声を上げて説明を続ける。

「私程度の下位貴族では、タウンゼント公爵夫人のお眼鏡にはかなわなかったようです。大反対されて、結局彼女とは別れさせられました。……ですが、ケイトリンとは今でも愛し合っているのです」

「え……」

正直オクタヴィアは、この人の好さそうな男性は、ケイトリンに騙されているのではないかと思ってしまった。なにしろケイトリンはルーシャスの愛人だ。彼女には牽制されたり、夫婦の時間を邪魔されたり散々な目に遭わされたし、昨日も夫と抱き合っているのをこの目で見たばかりだ。いい感情を持てるわけがない。

忠告してあげるべきだろうか、と一瞬悩んだが、誘拐犯に同情する必要はない。気を取り直してオクタヴィアは話の先を促した。

「それと私の誘拐に、なんの関係が？」

問題はそこだ。伯爵とケイトリンが過去にスキャンダルを起こしたことと、自分が攫われたことと、なんの関係があるというのか。彼らのスキャンダルがあった頃、オクタヴィアはまだ社交界デビューもしていない子どもだったから、接触すらしていなかったはずだ。

するとすると伯爵はすまなそうな顔になった。

「タウンゼント公爵夫人に、あなたを誘拐すれば、ケイトリンとの結婚を許すと言われたのです」

「――なんですって？」

聞き違いだろうか。まったくもって筋の通らない話に、オクタヴィアは目の前の男性が、少しおかしいのではないかと疑い始めた。

「なぜタウンゼント公爵夫人に私を攫う必要が？　私を攫って、公爵夫人に何か得があるのですか？」

「あなたはミスター・アシュフィールドの唯一の弱点ですから」

オクタヴィアは段々怖くなってきた。この人はやはり頭がおかしいのだろう。言っていることが支離滅裂なのに、さも正しいかのように平然と話しているのだから。

（大体、人を攫うような人なんだから、おかしくて当たり前だわ。もっと早く怖がるべきだったのよ）

自分の呑気さを心の中で叱るものの、うっかり恐怖を覚え損ねてしまったのも仕方ない。このダービー伯爵には、なんとも言えない緊張感のなさが漂っているのだ。

「どうしてここで私の夫の名前が出てくるのか、教えていただいても？」

オクタヴィアはできるだけ伯爵を刺激しないよう、丁寧な言葉を使って訊ねた。相手が油断している内に、ここから逃げる方法を探らなくては。

だがそんな算段も、次の伯爵の台詞で頭の中から全部吹き飛んでしまった。

「なるほど、あなたはまだご存じないのですね。ミスター・アシュフィールドは、タウンゼント公爵の庶子《しょし》なのですよ」

「――な、なんですって!?」

目の玉が飛び出るほど目を見開いて叫んだ。

(ルーシャスが公爵の庶子!? 嘘でしょう!?)

「そ、そんな話、聞いたことがありませんわ!」

「彼はそれをひた隠しにしていますから。庶子であるというだけで、この国では蔑まれてしまいますし」

うんうん、と伯爵は頷いているが、オクタヴィアは心の中で鼻白んだ。庶子を蔑むことは、昔から納得できなかった。教わった時、「生まれてくる子どもにはなんの罪もないのに、なぜ蔑まれなくてはならないのか」と子ども心に憤慨したものだ。それに、好色で有名だった数代前の王にはたくさんの庶子がいて、そのうちの一人には侯爵位が授けられた。同じ庶子でも王の子であれば蔑まれないというのは理屈が通らない。

そして、あのルーシャスがそんな理由で庶子であることを隠すとは思えなかった。

(むしろ蔑んでくる相手を、『そんな庶子の俺よりも金も権力も持っていないくせに』と挑発しそうだわ……)

とはいえ、問題はそこではない。

「そのお話は本当なのですか……？」

急にそんなことを言われても、とてもではないが信じられない。ダービー伯爵は誇大妄《こだいもう》想癖《そうへき》があると言われた方がよほど納得できる。

だがオクタヴィアの疑念は、唐突に飛び込んできた訪問者によって晴らされた。

「ウィルバートの言っていることは全部本当よ！」

叫び声と共に、バァン！　と大きな音を立てて扉が開かれ、緑色のコートを着た美女が姿を現した。その登場に、伯爵がパァッと顔を輝かせる。

そこに立っていたのは、黒髪の美しい妖艶な美女——タウンゼント公爵令嬢、ケイトリンだった。

「ケイトリン！」

嬉々として名を呼び、恋人に駆け寄る伯爵に、けれどケイトリンは眦を吊り上げて手を振り上げた。

「ウィルバート、このばか男！」

激しい罵りと同時に、ケイトリンの平手が炸裂し、伯爵の頬に赤い手形がつく。

「な……？」

叩かれた伯爵は何が起こったのか分からない様子で、頬に手をやっている。

「なんてばかなことをしてくれたの！　おかげで兄は母に殺されるわ！」

ケイトリンの悲鳴のような怒声に、伯爵だけでなくオクタヴィアも仰天した。

「ど、どうしてそんなことに？　公爵夫人は脅すだけだと……」

「ばかね！　あの魔女がそんな生温いことで済ますわけないでしょう！　あなた、お母様に騙されたのよ！　あの人がそう簡単に結婚を許すわけないじゃない！　実際に、老公爵と私の縁談は、まだ続行中よ！　このままじゃ兄が何をされるか分からない！」

半狂乱のケイトリンに、オクタヴィアは堪らず口を挟んだ。

「あの、兄って、私の夫のことですよね？　なぜ夫が公爵夫人に殺されるのですか？」

これまでの話が全て本当なら、ケイトリンはルーシャスの愛人ではなく異母妹ということになる。そのことにも心底驚いていたが、今はそれどころではない。

ケイトリンは伯爵からこちらへ向き直ると、両手でオクタヴィアの手を握り締めてきた。

「母は兄に爵位を奪われることを恐れているの。――いいえ、それ以前に、父の愛人の子である兄を憎悪しているのよ。兄の唯一の弱点であるあなたを使って脅せば、兄は簡単に言うことを聞いてしまう。母はきっと兄に死ねと言うわ。それが悲願だもの」

切羽詰まったケイトリンの物言いに、オクタヴィアはザッと血の気が引いた。

（ルーシャスが殺される？　待って、嘘よ。そんなの、嘘……）

「ま、待ってください……！　あ……でも、私は彼の弱点なんかじゃありません。私はただの賞品妻だもの」

次から次に明るみに出た事実に、オクタヴィアは混乱し、臆した。ルーシャスがタウンゼント公爵の庶子であるとか、その庶子を公爵夫人が殺そうとするとか、現実味のない話すぎて、脳が恐慌状態に陥ってしまった。

「だ、だから、ルーシャスは大丈夫です……。私なんかのために、そんな、死んだりなんて……、しないもの……」

弱々しく首を振って否定したのは、ルーシャスが殺されてしまうかもしれないという恐ろしい現実に耐えられなかったからだ。

（……嫌よ。ルーシャスが死んでしまうかもしれないなんて、絶対に嫌。嘘だわ。こんなの全部嘘……）

だがケイトリンは容赦がなかった。現実を否定するオクタヴィアの頬を平手でパンと叩くと、ずいと顔を近づけて言った。

「しっかりしてちょうだい！　あなただけが頼りなのよ！」

「わ、私だけ……？」

「そう、あなたしかルーシャスを止められない。ルーシャスは岩のような男よ。何があっても動じないし、自分の意思を覆さない。人から強要されて何かをすることなんて絶対にない。でもね、あなただけは別なの。あなたのためなら、ルーシャスは簡単に膝をつくし、他人の靴だって舐めるわ。だから、あの頑固者を正気に戻すために、あなたはすぐに兄のところへ行かなくちゃいけないの！」

本当だろうか、と思う。自分がルーシャスにそんな影響力を持っているとは思えない。だが、そう言っているのがケイトリンだという事実に、オクタヴィアは信じてもいいのかもしれない思えた。なにしろ、今まで信じていたものが全てひっくり返ってしまったのだ。

平民だった夫は高位貴族の庶子で、オクタヴィアが愛人だと疑っていた女性は彼の妹だった。

見えていたものが実はまったく違うものだったのだから、自分の目がいかに曇っていたかよく分かる。

オクタヴィアは歯を食いしばり、ケイトリンを見て頷いた。

「私をルーシャスのところに連れていってください！」

＊＊＊

「よくもまあ、ここまで集めたこと」

パタ、パタ、と緩慢《かんまん》な仕草で扇をひらめかせ、感心したように魔女が言った。

白粉を塗った顔は白く、紅を塗った唇が赤いせいで、サーカスのピエロのようだ。化粧が厚く皺が見えないから、若くも見えるし年老いても見えるのが不気味だった。

この女の顔を拝むのは、実はこれが初めてだった。

こんな顔をしていたのか、と妙に感慨深い。

ルーシャスは、タウンゼント公爵邸の居間で、後ろ手に縛られて転がされていた。

魔女はルーシャスをここに連れてくると、男たちに自分の目の前でルーシャスを殴るように命じた。悪趣味なショータイムというわけだ。そうして気の済むまで殴らせた後、ボロボロになったルーシャスの顔を見て、満足げに高笑いをしていた。ショーはいたくお気に召したらしい。

相変わらず、卑怯で悪趣味なババアだ。母を殺した時も、自分を殺しに来た時も、この女は人を使うだけで自分の手は使わなかった。

(だからといって、それが罪に手を染めていないということにはならないが)

初めて見る親の仇の顔を、ルーシャスはまじまじと眺めた。便宜上『魔女』と呼んでいたが、想像以上に『魔女』そのものの外見をしていて、妙に笑える。

「まぁまぁ、薬の成分解析？　ご苦労様だったわねぇ」

テーブルに広げられたのは、ルーシャスが集めてきた魔女を断罪するための証拠品だ。

その一つひとつを長い爪で摘みながら感想を述べては、コロコロと笑っている。

「おやまぁ、牧師様の証言だって？　お前の祖父の牧師などとっくに死んでいるだろうに、そう、大司教に印まで押させたの。がんばったわねぇ」

言いながら、魔女はその証書をビリビリと破いた。

「ホホ、その努力も、ぜぇんぶ無駄になったけれど」

紙屑となった証書がヒラヒラと床に落ちる。魔女はそれすらも踏みにじると、ついでとばかりにルーシャスの頭を踏みつけた。

「ケイトリンを騙して引き入れたようだけど、かえってお前の行動が見えやすくなったわ」

鬼の首でも取ったように誇らしげに言われ、クッと嘲笑が漏れる。

「俺は別に引き入れちゃいない。アンタの娘の方から、母親の悪行を止めたいからと協力を求めてきたんだよ。勝手に話を捻じ曲げるな」

ルーシャスの訂正に腹を立てたのか、魔女に思い切り眉間を蹴り上げられ、目の前に火花が散った。

「……ってぇな」

「よく喋るドブネズミだこと」

魔女は平坦な声でそう言うと、しゃがみ込んでルーシャスの髪を掴み上げる。

「可愛い妻を殺されたくなければ、そのたわ言を吐く口を閉じておきなさい」

お前の言っていることの方がよほどたわ言だ、と言ってやりたかったが、オクタヴィアの命を握られているのでは仕方ない。

言われた通り口を噤むと、魔女はフンと鼻を鳴らしてルーシャスの髪から手を離した。

ごん、と側頭部を床に打ち付けたが、どこもかしこも打撲だらけで、痛みはもう感じなかった。

「……それで？　ケイトリンをどこへやったの？　どうせお前が匿《かくま》っているのでしょう？」

公爵夫人が苛立ったように訊いてきたので、ルーシャスはハッと吐き出すように笑った。

「……無事かどうかを訊ねるのではなく、居場所を訊くのか」

皮肉のつもりで言ったのだが、公爵夫人は歯牙にもかけない。フンと鼻を鳴らし、「あの子の安否などどうでもいいわ」と吐き捨てた。

「生んでもらった母親を陥れようとする娘など、本来ならば縊《くび》り殺してやりたいところよ。でも今のところ、タウンゼント公爵家の財産を他人に奪われないようにするためには、あの子が必要だわ。生かしておくしかないじゃない。荷馬車になりさえすればいいの」

(荷馬車、か)

実の娘に対する言葉とは思えない。本当に悪魔のような人間だな、とルーシャスは半ば呆れながら公爵夫人の顔を見上げた。だがそういう悪魔だからこそ、ルーシャスの母を縊り殺しにさせ、父を毒殺しようとできるのだ。

ケイトリンは現在公爵邸ではなく、ルーシャスの持つ王都内の別荘に住まわせている。

娘が自分の罪を暴こうとしていることに気づいた公爵夫人によって監禁されそうになったためやむなく保護したのだが、その時の自分の判断を褒めてやりたい。

とはいえ、それを正直にこの魔女に言うわけがない。

「アンタの娘がどこにいるかなんて、俺が知っているとでも？　大方、アンタの毛嫌いしているダービー伯爵にでも匿ってもらってるんだろうよ」

ルーシャスの答えに、公爵夫人が目を眇めた。

「嘘を吐くとどうなるか分かっているのでしょう？」

「嘘じゃない。そもそも、アンタの罪を暴くために利用しただけで、俺は別にアンタの娘を信用しているわけじゃない。親の仇の娘だぞ？　憎みこそすれ、どうして信じられる？」

言いながら声色が激しくなってしまったのは、脳裏に母が亡くなった時のことが蘇ったからだ。あの時逃げ出すことしかできなかった自分が情けなくて、憎くて仕方なかった。

（強くなりたかった。それなのに――）

今もこうして、この魔女に踏みつけられている。自分はなんて愚かで、弱い生き物なのだろうか。

「俺にはアンタの娘を匿うメリットはおろか、義理なんぞ欠片もない」

昏い笑みを浮かべて言えば、公爵夫人は納得したのか、扇を手に叩きつけながら肩を竦めた。

「まあいいわ。匿っているのがお前でも、お前を殺してしまえば、あの子も出て来ざるを得ないでしょうから。——手の拘束を解いておやり」

控えている男たちに命じ、公爵夫人はニヤニヤと愉快そうに笑った。

「さあ、お楽しみの時間よ」

ルーシャスは目を閉じて息を吐く。どうしてここで拘束を解かれるのか、その意味が分からないほどばかではない。

手を縛っていた麻縄が切られ、両腕が自由になった。滞っていた腕の血流が一気に解放され、ビリビリと痛いほどの痺れを感じる。手首を振ってそれを治していると、ゴトン、と金属が床にぶつかる音がした。

瞼を開くと、想像通りの物が目の前にあった。——拳銃だ。

「愛する妻と自分、どちらの命をとるか、選ばせてあげるわ」

上から見下ろす魔女の顔に、唾を吐きかけたくなる。ルーシャスは片方の口の端を上げてハッと笑った。

「よく言うぜ。どっちを選んでも殺す気だろうが」

この魔女が自分を殺さないわけがない。殺したくてうずうずしているくせに、よくもぬけぬけとそんなことが言えるものだ。

「よく分かっているじゃないの。なら、さっさと死になさい」

にっこりと満面の笑みを浮かべて言う魔女に、ルーシャスは「地獄に堕ちろ」と毒づきながら、銃に手を伸ばす。手の中のそれはずっしりと重く、冷たかった。

「妻を無事に実家へ帰してくれるんだな？」

ルーシャスは言った。オクタヴィアには傷一つ負わせたくなかった。怖い思いもさせたくなかった。それなのに、こんなことになってしまうなんて。

（――すまない、ヴィア）

「お前がちゃんと死ぬなら、ね。……まあでも、ノースクリフ侯爵令嬢にしてみても、お前が死んでくれた方が良いかもしれないわね。きっと平民の妻になんてなりたくなかったに違いないもの！」

魔女のその答えに、ホッと安堵した。自分を殺してなお、オクタヴィアに手をかけることはなさそうだ。この女にしてみても、名のある貴族の娘をむやみに殺すのは、リスクが高いはずだ。ノースクリフ侯爵は娘を溺愛していると評判だったし、彼女に何かあれば黙ってはいないだろうから。

自分が行方不明になったり、意識不明になったりするような緊急事態が起きた場合、護衛たちにはケイトリンに即座に事態を伝えるように命じてある。集めてきた証拠は奪われてしまったが、ケイトリンが魔女から上手く逃げられれば、また集め直すことは可能だ。

（――ケイトリンならこの魔女の暴挙を止めるだろう）

自分が死んだら、全ての財産は妻であるオクタヴィアの物となるように、既に遺言状も作ってある。よほどのことが起きない限り、彼女が生活に困ることはないはずだ。

(問題ない。万全を尽くした)

オクタヴィアの無事を確信すると、ルーシャスは銃を摑んで銃口を自分のこめかみに持っていった。

瞼を閉じると、オクタヴィアとの思い出が走馬灯のように過る。彼女を得たいと、ただそれだけのために生きてきた。彼女を初めて抱いたあの夜、腕の中にあの花がいるのだと思うと、幸福のあまり涙が出たのを思い出す。幸せで涙が出るなんてことが、本当にあるのだと初めて知った。

自分ばかりが幸福をもらったのに、オクタヴィアには何も返せなかった。

いつも悲しげな目でこちらを見ていた。

『この結婚は、間違いでした』

色のない眼差しで冷たくそう言い放つ、美しい顔が脳裏に過る。最期に思い出すのがあの時のことだなんて皮肉だ。だが最期だからこそ思い出すべきだったのかもしれない。

(……そうだな、間違いだったよ。ヴィア)

今なら素直にその言葉を受け入れられる。

(あなたには、俺のような愚かな男ではなく、もっと賢くて包容力のある、善良で優しい

男が相応しい）

だがそれでも――。

「……愛している、オクタヴィア」

この身が滅んでも、永遠に、あなただけを愛し続けるだろう。

あなたを愛したことを、後悔はしない。

目の裏に、愛らしく微笑む彼女の顔が見えた。

その美しい残像を追うように引き鉄を引こうとした瞬間、ルーシャスの心臓を貫くような声が響いた。

「駄目、ルーシャス！」

パッと眩い光が見えて、ルーシャスは弾かれたように指から力を抜き、目を開いた。

次の瞬間、部屋の扉が乱暴に開かれて人が雪崩れ込んできた。

「王都自警団だ！　全員床に伏せて動くな！」

「王命により、今この瞬間よりここは王都自警団の管轄となる！　命令に従わない者は王命執行妨害として拘束し連行する！」

飛び込んできたのは、なんと王都自警団だった。揉め事を調停し取り締まるために、民間人によって結成された防犯組織である自警団は、貴族や公的機関の依頼を受けて動くことも多々ある。

(――だがまさか、王命とは)

王が妹の所業を知っていたということだろうか。

「嘘よ！　王が、兄上が、そんなことをするはずがないわ！　放しなさい、私を誰だと思っているの!?　私は王妹、タウンゼント公爵夫人よ!!」

手を背後で縛り上げられた魔女が、金切り声を上げて抵抗する。だが自警団は問答無用で彼女を引き摺り出して行った。

あまりに突然の出来事に、ルーシャスは自分のこめかみに銃を突きつけたまま、呆然としていた。

その腕にガシッとしがみつく手があった。

「駄目っ！」

叫ぶ声は、涙が絡んでいた。

「だめよ、絶対に駄目！　死ぬなんて、許さないから！」

ルーシャスは目を見開いてその人物を見た。

「……オクタヴィア」

自分の腕にしがみついて、ボロボロと涙を流しているのは、オクタヴィアだった。

ガタガタと震えながら、それでも渾身の力でルーシャスの手を掴もうとしている。

「死なないで、ルーシャス。お願い、私は無事よ。だから、お願い、死んじゃいや」

オクタヴィアの目には、ルーシャスが握っている銃しか見えていないのだろう。なんとかそれをもぎ取ろうとしているが、手が震えてなかなか上手くできていない。

ルーシャスは彼女を安心させるために銃を置こうとしたが、手に力を込めると銃を撃とうとしていると勘違いするらしく、悲鳴を上げて更にぎゅっとしがみついてくる。

「駄目！　お願い、嫌なの！　死なないで、ルーシャス！　わた、私、もう文句ばかり言わない。傍にいてなんて願わない。浮気相手なんて、いくらでもいていいわ。だから、ねえ、お願い、死なないで。私を置いていかないで……！」

ふるふると小さな頭を振り、オクタヴィアはおいおいと子どものように泣きながら言い募る。その顔を見ていたら、ルーシャスの目にも涙が浮かんできた。

「……ヴィア、俺に浮気相手なんかいない」

彼女がケイトリンを浮気相手だと勘違いしているのは、なんとなく気づいていた。それを訂正しなかったのは、彼女に同情の目を向けられたくなかったからだ。ケイトリンとの関係を話せば、自分の惨めな身の上話を彼女にしなくてはならなくなる。オクタヴィアには、惨めだった頃の自分を知られたくなかった。強くなった今の自分だけを見ていてほしかった。

（……結局、知られてしまったが）

オクタヴィアがタウンゼント公爵邸にいるということは、自分の事情を知ってしまった

ということだろう。

だが、知られても良かったのかもしれない。オクタヴィアがこうして自分のために泣いてくれるのならば、同情の目で見られるくらい、どうでもいい。彼女が自分から離れていかないのであれば、それで。

「嘘よ！　いっぱいいるんでしょう！　知っているんだから！」

涙でぐしゃぐしゃの顔で、オクタヴィアが眦を吊り上げて怒る。それがどうしようもなく可愛くて、愛しくて、ルーシャスは泣きながら笑った。

「いない。浮気なんか、するわけがないだろう。こんなに愛している妻がいるのに」

やっと言えた、と思った。愛していると、言いたかった。どうして言えないと思っていたのだろう。こんなにも簡単なことなのに。

ルーシャスの愛の告白に、オクタヴィアがまた泣き出した。

「私も……私もよ。あなたを愛しているの。ずっと、ずっと、愛していたの……！」

その言葉に、眩暈がした。妻が愛しくて、可愛くて、頭がおかしくなりそうなほど、幸せだと思った。銃を捨て、妻の頭を掻き抱いた。

（──愛しい、大切な、俺の妻だ）

「ヴィア。愛している。あなただけが、俺の花なんだ」

ルーシャスの言葉に、腕の中でオクタヴィアが何度も頷いていた。

終章　薔薇の花束をあなたに

春の柔らかな青空を背景に、白いレースのベールが揺れる。

ルーシャスはその色のコントラストを、うっとりとしながら楽しんだ。

薄いベールの下には、エンパイアスタイルのドレスを着た花嫁の美しいデコルテが見える。滑らかなその肌を誰にも見せたくないという気持ちはあったけれど、このドレスがいいとオクタヴィアが言うのだから仕方ない。

だが確かに、このウエディングドレスは彼女に非常によく似合っている。これを着たオクタヴィアは、まるで女神のように美しかった。

「汝《なんじ》、ルーシャス・ウェイン・アシュフィールドは、オクタヴィア・アイリーンを健やかなる時も、病める時も、豊かな時も、貧しき時も、愛し、慰め、命のある限り真心を尽くすことを誓いますか？」

色とりどりの薔薇が咲き乱れる温室の外で、司祭に扮したオリバーが厳かな声を出して言った。それが可笑《おか》しいやら楽しいやらで、参列客であるメイドたちからクスクスと笑い声が漏れる。

今日はルーシャスとオクタヴィアの、四回目の結婚式だ。

最初の結婚式は登記所でサインするだけという味気ないものだった。

「本当は皆に祝福される結婚式が夢だった」とオクタヴィアに言われた時、ルーシャスは蒼褪めてしまった。あの時は、とにかく早く彼女を自分のものにしなくてはと気が急いて、結婚式の形態だとか、彼女の気持ちだとかを考える余裕がなかった。

こんなことでは、また「あなたは独りで生きていける」などと言われてしまう。あれはルーシャスにとって致命的ともいえる一撃だった。もう二度と味わいたくない。

ルーシャスは即座に行動し、翌日にはデザイナーを呼んでウエディングドレスの制作に取り掛かった。

相変わらずのルーシャスの行動に、オクタヴィアは呆れていたものの、もう一度結婚式をするという案には賛成してくれた。

意外だったのは、結婚式を屋上の温室でやりたいと言われたことだった。

大聖堂でも外国の教会でも貸し切るつもりだったルーシャスは、温室でいいのかと何度も確認したのだが、オクタヴィアは譲らなかった。

『あの温室が良いの。あなたが私のために咲かせてくれた薔薇と、あなたを好きでいてくれる人たちに囲まれて、皆に祝福されて、結婚式を挙げたいの』

温室の薔薇を育てている理由を知られてしまっていたことにも驚いたし、自分への情けなさや気恥ずかしさでいっぱいにもなったが、オクタヴィアが嬉しそうだったのでよしとした。

自分の過去を語るのは得意ではなかったが、ルーシャスは妻には自分の全てを曝《さら》け出す覚悟をした。それで彼女の愛を得られるなら、何も怖いことなどない。

オクタヴィアと彼女の父に助けられたのは、母親を殺された幼いルーシャスが公爵領から王都へと逃れてすぐの時だった。その頃のルーシャスは自暴自棄になっていて、わざと自分を窮地に追い込むようなやり方をして生きていた。せっかくオリバーに救われた命だったのに、と今なら思うが、その時のルーシャスには生きる希望が見いだせなかったのだ。

オクタヴィアにもその時の心情などを話して聞かせると、彼女は泣きながら抱き締めてくれた。

『あなたが生きていてくれて良かった。その手助けを、私がしていたなんて驚いてしまったけれど、でも、過去の自分を誇らしく思うわ』

そんなふうに彼女が笑うから、ルーシャスは全てこれで良かったのだと思えた。自分の生まれも、育ちも、出会いも、やって来たことも全て。正しいことばかりではない、むしろ間違ったことばかりしてきた気もする。それでも、今こうしてオクタヴィアが笑うなら、ルーシャスにとってはそれでいいのだ。

そんな、ルーシャスの彼女への執着と恋情が詰まっているような温室を、結婚式を挙げたいと思えるくらい気に入ってくれたのだと思うと、ルーシャスもなんだか嬉しかった。

だがオクタヴィアが、二百人以上いる使用人全員と、更には学校の児童たちを結婚式に呼びたいなどと言い出したものだから、式は合計五回することになった。

オクタヴィアは今、平民向けの学校を作ることに力を入れていた。親のない子どもや、貧しい家の子どもが無償で学べる学校を作りたいと言い出した時には冗談かと思ったが、オクタヴィアは真剣そのもので、目をキラキラさせながら熱心にルーシャスを説得にかかった。

『特権を持つ者は、持たざる者のためにその力を振るわなくてはいけないの。あなたがしないというなら、私がします。それがルーシャス・ウェイン・アシュフィールドの妻としての、私の仕事だと思うのです！』

妻として、と言われてしまえば、ルーシャスは頷かざるを得ない。

ルーシャスの会社や事業に対して、利があるどころか金がかかるばかりの話なのだが、オクタヴィアがしたいというなら構わない。それに、彼女の言うことも一理あるのだと最近思うようになった。

（人が富めば、社会全体が富む）

手にした富の大きさから、ルーシャスは自身がこの社会を動かす大きな力の一つであるという自覚がある。自分が豊かになりたいなら、社会全体を豊かにする必要があるのだ。

そんなわけで、やり直し結婚式の第一回目には、オクタヴィアの学校の児童たちを招いた。子どもたちに囲まれ、優しく微笑む彼女はまるで女神のようだった。いつか自分たちにも子ができるだろう。オクタヴィアならば、素晴らしい母親になるに違いない。そんな幸せな未来を想像させてくれる、とても良い式となった。

二回目以降は従業員たちのための結婚式だ。複数回に分けたのは、全員結婚式に出ることは、業務的にも屋上の面積的にも不可能だからだ。

五十人ずつに分けても温室の中には入り切らなかったので、結局その外で行うことになったのも、まあご愛敬だろう。

「誓います」

ルーシャスはオリバー司祭の言葉に、淀みなく答えた。四回目だからもう手順は覚えてしまった。

続いて同じ問いをされたオクタヴィアが、愛らしい声で「誓います」と答えると、周囲から口笛だの囃《はや》し立てる声だのが聞こえ始める。オリバーがゴホンとわざとらしい咳払いをして、また厳かな口調で言った。

「――では、誓いのキスを」

それを合図に、ワッと周囲から歓声が上がる。

オーナー夫妻がイチャイチャする姿が、そんなに楽しいのだろうか。見世物になった気分ではあるが、それで妻と白昼堂々とキスできるのなら悪くはない。

ベールを捲《まく》ると、大きな藍色の瞳がこちらを見上げていた。菫青石のように煌めくこの目に自分が映ることを夢見て、ここまでやって来た。

「ルーシャス」

オクタヴィアが嬉しそうに囁けば、それだけでもう、胸が幸せで満たされる。

「俺の全てを、俺の花に捧げる」

こっそりと自分だけの誓いを送ると、ルーシャスは妻にキスをしたのだった。

＊＊＊

「ダービー伯爵とケイトリンの結婚式は、結局夏になるらしいわ」

ベッドで向かい合って座り、キスをしている最中に言われ、ルーシャスは思わず真顔になった。

「それは、今しなきゃならない話か？」

ちなみに、お互い全裸——事の真っ最中である。

なぜ愛する妻を抱いている時に、どうでもいい異母妹の話をしなくてはならないのか。

するとオクタヴィアは唇を尖らせた。

「だってあなた、一度で終わってくれないじゃない」

文句を言われて、ルーシャスは「しまった」と臍を噛む。妻が可愛すぎるせいか、一度してもまだ足りず、一晩で二度、三度と挑んでしまうせいで、終わる頃にはオクタヴィアはいつも意識がない状態になっていた。

その件に関して彼女から「加減をしてくれ」と苦情がきているが、愛妻を目の前にすると歯止めが利かないのだからどうしようもない。

「分かった、今聞こう。ケイトリンの結婚式が夏だな、よし、ちゃんと聞いた」

「聞くだけじゃダメよ。ちゃんと予定を空けなくちゃ！　この間みたいに当日に外国にいるなんて、とんでもないわよ？」

チクリと言われて、ルーシャスは「分かった」と素直に頷いた。

先週オクタヴィアと一緒に演劇を見に行くと約束していた日に、外国での仕事を入れてしまったのだ。これまで仕事しかしてこなかったので気づかなかったが、どうやら自分はスケジュール管理が得意ではないらしい。仕事に関してはローランドがやってくれているが、プライベートの予定は自分で調整しているため、先日のようなミスが起こってしまった。

「本当に、あなたみたいに手紙の返事をしない人が外国になんていったら、連絡の取りようがないんですからね」

オクタヴィアが恨みがましい目で見てくるので、ルーシャスは斜めの方向に視線を逸らす。結婚直後に一か月も外国に行った時、彼女からの手紙に返事をしなかったことを未だに根に持たれているのだ。

「……俺は字が汚いんだと言っただろう……」

「あら。字が汚くたっていいのよ。真心がこもっていれば、それで」

にっこりと答える愛妻を、ルーシャスはジロリと睨んだ。

子どもの頃学校に行けなかったルーシャスは、まともな字が書けない。オリバーに習って読むことはできるようになったものの、書く方は未だに子どものような字のままだ。

昔、大きな商談が纏まった時に、契約書のサインを見た商談相手に酷くばかにされたことがあった。

『こんな学のない人間を相手に商売をしなくてはならないとは、いやはや、嫌な世の中になったものだ』

こちら側に圧倒的に有利な契約だったため、負け惜しみもあったのだろう。そして悔しいが学がないのは事実だ。

その一件以来、サインだけは猛練習して見られるものが書けるようになったが、手紙などの長文は難しい。ルーシャスは筆記体が特に苦手だった。

それでも仕事なら、サイン以外はタイプライターを使うので問題なかったのだが、困ったのがオクタヴィアからの手紙である。手紙には手書きの文字を、というのが常識らしいから、返事は自分で書かねばならない。

おまけにオクタヴィアの文字の美しいことといったら。流麗な筆記体は優雅な舞のように滑らかだった。この芸術品のような文字を書く相手に、自分のミミズがのたくったような文字を見せるなんて、そんな屈辱的な真似ができるわけがなかった。

自分の自尊心を守るために、理由を彼女に話せないでいたのだが、オクタヴィアの目指す『理想の夫婦』には相互理解が不可欠だ。彼女を失う可能性を少しでも減らすために、ルーシャスはしぶしぶ手紙を書けない理由を話したのだが、オクタヴィアの反応は意外だった。

『そんなに酷い文字なの？　見てみたいわ』

字が汚いことに呆れられることはなかったが、変な好奇心を刺激してしまったらしい。

『絶対に見せない』

と断固として拒否をし続けているのだが、まだ諦めていないようだ。

ルーシャスはため息をついた。

「手紙じゃ遅いだろう、電話にしろ」

「電話だと手数料が高いじゃない！」

電話機を使い、音声で直接やり取りできる電話は開発されているが、この国の政府がその利用を制限したため、個人ではなかなか認可が下りず、他国に比べて普及率が極端に低い。ルーシャスは金に物を言わせて電話線を引いているが、その手数料の値段を聞いて以来、オクタヴィアは電話を使うのを嫌がるのだ。

「金のことは気にするなと言っているだろう。あなたは俺の妻なんだぞ」

「私があなたの妻であることは分かっているわ。でもそれと浪費することとは別だもの」

「電話は浪費じゃないぞ」

ルーシャスの反論に、オクタヴィアは「まあ、そうかもしれないわね」と肩を竦めながら、ちゅ、と可愛いリップ音を立てて唇にキスをくれた。すぐ離れていってしまう、少々物足りないキスだが、それでも嬉しい。彼女からキスをしてくれるようになったのは最近だ。

事件の後、ルーシャスとオクタヴィアは、たくさんのことを話し合った。

夫婦間ですれ違いが起きていることは、人の心の機微に疎いルーシャスにもなんとなく分かっていたし、あの事件で彼女が自分のために泣いてくれたことで、自分を曝け出す覚悟もできた。

振り返ってみれば、自分はオクタヴィアから愛されたいという願望を、きちんと自覚できていなかった。その根底には、自分の生い立ちに対するコンプレックスがあったのだろう。初めて会った時から、オクタヴィアは手の届かない月のような存在で、自分は薄汚れたドブネズミみたいな人間だった。本当なら彼女の視界に入ることすらできない身の上で、愛してもらおうなんておこがましいにもほどがある。

だから、彼女を手に入れられればそれでいいと、ごまかし続けてきたのだ。

一度腹を決めて話し合ってみれば、自分たちのすれ違いが、実に些細なことで起きていることが分かった。お互いに言葉が足りていなかったのだ。

『話をしましょう、私たち。何を考えて、どんなことを感じているか。話すことはきっとたくさんあるはずよ。大丈夫、時間ならたっぷりあるわ。だって、この先をずっと一緒に生きていくのだもの』

微笑みながら言うオクタヴィアに、ルーシャスは苦く笑いながら同意した。

自分で思っているよりも己が愚かで弱い人間だったこと、そして庇護しなくてはと思っていたオクタヴィアの方が、ずっと強かったことを実感させられた。

(だが、夫婦とはこんなものなのかもしれない)

どちらかが一方的にするのではなく、守り、守られる、そんな対等な関係なのだ。

「でも、いつかあなたのへたくそな文字を見せてほしいわ」

微笑みながら囁かれ、ルーシャスがお返しとばかりにその唇に噛みつく真似をすると、オクタヴィアは「きゃあっ」と声を立てて笑った。

「しかし、夏か。あの二人、ずいぶん急ぐんだな」

ひとしきりベッドの上でじゃれた後、ルーシャスはオクタヴィアを膝の上に抱き上げながら、少し眉根を寄せた。

タウンゼント公爵夫人が、牧師の娘の殺害と夫の殺害未遂、ついでに劇場を爆破した罪を裁かれ、修道院送りとなった事件は、社交界でも瞬く間に広まった。王妹という高貴な存在が殺人や殺人未遂という重犯罪に手を染めていたこともさることながら、それが秘匿されず公に処罰されたことは、貴族社会にとっても大きな衝撃だった。

王が直接動き、妹を断罪したことの裏には、タウンゼント公爵――ルーシャスの父がいた。妻に毒を盛られ続け、衰弱して意識がないと思われていた公爵だったが、実は少しずつ回復しており、王に妻の罪を直訴していたのだ。

（……ケイトリンに、解毒薬を渡しておいて良かった）

魔女が父に毒を盛っていると分かった時点で、ルーシャスは異母妹に解毒薬を父に投与するように指示していた。父は母と自分を捨てた裏切り者だと今でも思っているが、別に殺したいほど恨んでいるわけではない。ただそれだけの理由で渡していた解毒薬だったが、まさかこんな結果をもたらすとは。人生とは不思議なものである。

「ケイトリンも、公爵夫人の件があったから一年は自重する予定だったらしいんだけど、どうやら早めなくてはならない事情ができたみたいで……」

「……まさか……」

「そう！　赤ちゃんができたみたいなの！」

オクタヴィアが我が事のように嬉しそうに言うから、ルーシャスはニヤリとした。

「楽しみよね！　どちらに似るのかしら。どちらに似ても、とっても美形でしょうね！」

「そんなに楽しみなら、俺たちも作ればいい」

言いながらキスをすると、オクタヴィアは顔を赤らめて目を丸くする。

ちゅ、ちゅ、と啄《ついば》むようなキスの後、深く長いキスをしながら、両手で柔らかな乳房を下から掬《すく》い上げる。まろく白い乳肉はまるで熟れた桃のようで、むしゃぶりつきたくなるほどだ。だが嚙みつくわけにいかない。これは大切な花だから。

ルーシャスは指で胸の先の尖りを転がしながら、キスを下へとおろしていく。

「あ……、っ、ぁ」

オクタヴィアの喘ぎ声は、いつも最初は慎ましい。きっと恥ずかしいのだろうが、快楽に蕩け始めると恥ずかしさなどどこかへいってしまって、あられもなく乱れていくのが堪らなく扇情的《せんじょうてき》だ。

今日はどんなふうに可愛がろうかと舌なめずりしながら、まずはと細い首筋を吸い上げた。白く柔《やわ》い肌は、ちょっと吸うだけできれいに痕がついた。鬱血痕だからあとで黒くなってしまうと分かっているが、オクタヴィアの身体に自分の痕を残す行為は、身勝手だが満足感を得られるのでついやってしまう。

「もう！」

案の定、痕をつけたことを小さく咎められたが、聞こえなかったフリをして胸の先を食べる。彼女はこれが好きだと分かっているのだ。乳首を口の中で転がすと、あっという間に甘い声を上げて表情を蕩けさせるオクタヴィアが可愛くて、もっと感じさせたいと思ってしまう。

胸を弄られただけで、もうモジモジと擦り合わせ始めた太腿《ふともも》に手を差し入れ、脚の付け根へと指を滑らせた。

「んっ、ぁ」

そこは既にしっとりと蜜をたたえていて、ルーシャスは喉の奥で笑った。

彼女の身体が、すっかり自分の愛撫に慣らされてしまったことが、嬉しくて堪らなかった。

夫の笑い声を耳聡く聞いたのか、オクタヴィアがじろりと睨んできたが、顔を赤くしてそんな顔をしても可愛いだけだ。もっと可愛い顔が見たくて、指の腹で陰核を探り当て、優しく嬲ってやった。一番敏感な肉芽を弄られて、オクタヴィアが華奢な身体をびくんと震わせる。

「ぁあっ、ひ、やぁっ、それ……だめ、ルーシャス……！」

「ダメじゃない。好《い》いの間違いだろう？」

びくびくと小刻みに背を仰け反らせるオクタヴィアに囁いて、親指で陰核を捏ね回したまま、熱く蕩けた泥濘《ぬかるみ》に中指を差し入れる。

「は、ぁあっ」

蜜筒の中はすっかり熟していて、ルーシャスの指を歓待するように媚肉が絡みついてきた。指を動かす度に、じゅくじゅくと淫猥な水音が立つ。溢れ出した愛蜜が手首にまで滴る頃には、ルーシャスももう我慢ができなかった。

「ヴィア……」

ねだるように囁くと、全てを理解している愛妻は、淫欲に蕩けた笑みを浮かべて頷いた。

それから腰を浮かせると、その下にそそり立つ肉竿へ白い手を伸ばす。

ルーシャスはゴクリと唾を呑んだ。太い血管の浮いた赤黒くグロテスクな雄芯を、オクタヴィアの嫋《たお》やかな手が握っている光景は、いつ見ても興奮する。

オクタヴィアは握ったそれを、蜜の滴る己の女孔へと導いた。

ひたり、と狭い入口に切先が宛てがわれる。

「あ……」

腰をくねらせ、小刻みに上下しながら、オクタヴィアがルーシャスを呑み込んでいく。

愛する女の隘路は、狂おしいほど熱く、脳が溶けそうなほど気持ちが好かった。ルーシャスは、彼女の媚肉が己を歓待し締め付ける感覚を味わいながら、自らも腰を揺らす。好い箇所を刺激したのか、オクタヴィアが甘い啼き声を上げて動きを止めたが、構わずに更に奥へと肉棒を突き入れた。

「ああっ……！」

根元まで咥え込ませると、オクタヴィアが悲鳴を上げて背を仰け反らせる。その華奢な背中に手を添えて支えながら、ルーシャスは彼女の顔を仰ぎ見た。

頬を紅潮させ、うっとりと恍惚の表情を浮かべる妻を、美しいと思った。

（俺だけの花だ……）

無力だったあの頃、たった一つ、欲しいと思った花。

それがこの手の中にあるのだと実感できるこの瞬間が、どうしようもなく愛おしかった。

「愛しているよ、オクタヴィア」

ルーシャスは囁いて、最愛の人を抱き締めたのだった。

あとがき

この本を手に取ってくださってありがとうございます。

今回のテーマは『夫婦喧嘩』。ええ、犬も食わないアレです。愛するからこそ起こるものですからね。夫と妻の愛ゆえのバトル、一度はやっておこうと思いまして。書きながら、諺《ことわざ》とは真理を突いているものだと実感しました。皆様のお口に合うと良いのですが……。

成金富豪をめちゃくちゃ格好良く描いてくださったのは、岩崎陽子《いわさきようこ》先生です！　ご一緒させていただいたのは今回で二回目ですが、毎回本当に眩暈がするほど素敵なイラストを描いてくださって、もう涙で前が見えません。

岩崎先生、男前なヒーローと可憐なヒロインを、本当にありがとうございました！

毎回毎回毎回（何度言うのか）、大変ご迷惑をおかけしております、担当編集者様。こんなへっぽこの面倒を見てくださってありがとうございます……！　今回もY様のおかげで本が出せました……！

この作品に携わってくださった全ての皆様に、感謝申し上げます。

そしてここまで読んでくださった読者様に、心からの愛と感謝を込めて。

春日部《かすかべ》こみと

この本を読んでのご意見・ご感想をお待ちしております。
◆ あて先 ◆
〒101-0051
東京都千代田区神田神保町2-4-7 久月神田ビル
㈱イースト・プレス　ソーニャ文庫編集部
春日部こみと先生／岩崎陽子先生

この結婚《けっこん》は間違《まちが》いでした

2022年7月6日　第1刷発行

著　　者　春日部《かすかべ》こみと
イラスト　岩崎陽子《いわさきようこ》
装　　丁　imagejack.inc
発 行 人　永田和泉
発 行 所　株式会社イースト・プレス
〒101－0051
東京都千代田区神田神保町２－４－７ 久月神田ビル
TEL 03－5213－4700　　FAX 03－5213－4701
印 刷 所　中央精版印刷株式会社

ISBN 978-4-7816-9726-0